애비의 두 번째 인생

다락방 005

애비의 두 번째 인생

프랜시스 오록 도웰 지음　강나은 옮김

도서출판 **또하나의문화**

The Second Life of Abigail Walker by Frances O'Roark Dowell
Copyright ⓒ 2012 by Frances O'Roark Dowell
All rights reserved. No part of this book may be reproduced or transmitted
in any form or by any means, electronic or mechanical, including photocopying,
recording or by any information storage and retrieval system
without permission in writing from the Publisher.
This Korean edition was published by Alternative Culture Publishing Co.
in 2013 by arrangement with Atheneum Books For Young Readers,
an imprint of Simon & Schuster Children's Publishing Division
through KCC(Korea Copyright Center Inc.), Seoul.

이 책은 (주)한국저작권센터(KCC)를 통한 저작권자와의 독점 계약으로
도서출판 또하나의문화에서 출간되었습니다. 저작권법에 의해 한국 내에서
보호를 받는 저작물이므로 무단 전재와 복제를 금합니다.

멜빈 도웰에게, 사랑을 담아

여우처럼

발자국을 필요 이상으로 많이 남기고

그중 몇몇은 엉뚱한 방향으로 남기라.

부활하라.

웬델 베리, 「선언 — 성난 농부 해방 전선」 중에서

1

여우는 태곳적부터 이야기 속으로 들어갔다. 중요한 이야기, 평범한 이야기, 한두 사람에게만 중요한 이야기 등등. 여우는 이야기 냄새를 맡을 수 있었다. 어떤 이야기에서 흥미로운 냄새가 난다 싶으면 눈을 감고 허공으로 뛰어들어, 이야기와 이야기 사이 보이지 않는 공간을 통과했다. 가끔은 운에 맡겼다가 불운한 이야기에 내려앉기도 했다. 폭발과 함께 모래가 흩뿌려지던 사막 한가운데의 군인들 이야기도 그랬다. 그런 이야기 속에서 여우는 죽을 수도 있었다.

여우는 결코 죽지 않았지만 말이다. 그녀는 심지어 엄청나게 나이를 먹었을 텐데도 늙어 죽지 않았다. 친구 까마귀 녀석은 제 나이를 '먹어도 한참 먹었다.'고 표현했다. 여우는 자신도 그쯤

되리라 짐작했다.

지금 여우는 어느 들판의 가장자리, 한 이야기와 다른 이야기 사이의 보이지 않는 공간에 서서 녹색이 황금빛으로 물들어 가는 들판을 가만히 바라보고 있다.

무엇이 여우를 이곳으로 이끌었을까?

다른 모든 들판이 그러하듯 이 들판은 다른 어느 곳에서 왔다. 아무것도 없던 땅에 새들이 날아와, 기다리고 있던 흙 위에 씨앗을 떨어뜨렸다. 너구리들은 진창길을 지나며 털 속에 묻혀 온 씨앗들을 뿌려 놓고 갔다. 이윽고 봄이 오자 땅은 심호흡을 하고는 뿌리를 끌어당기고 꽃과 풀을 틔워 냈다.

그리 오래되지 않은 과거의 이곳에는 무언가 다른 것이 있었다. 여우는 그 냄새를 맡을 수 있었다. 무언가 잘못되었다. 여우의 코가 떨렸다. 여러 가지가 섞인 냄새다. 무언가 잘못된 냄새도 있지만 쥐와 토끼 냄새도 났고, 가을 초입에 열리는 작은 산딸기, 첫서리가 내리기 전에 먹을 수 있는 그 조그맣고 새콤한 열매 냄새도 났다. 이런 냄새는 여우가 가장 오래된 이야기들 속에서 맡아 본 냄새다. 즐거웠던 이야기. 여우를 둘러싼 새끼들이 재잘거리고 짖어대던 이야기.

갑자기 도로에서 자동차 배기가스의 짙디 짙은 냄새가 여우의 콧속으로 훅 밀려들어 왔다. 버스인가? 트럭인가? 이라크 안

바르 주에서 돌아온 군인들인가? 어서어서 풀덤불 속으로 가자. 무언가 오고 있다. 누군가가. 이번에 여우는 무엇을 목격할까?

어쩌면 도와줄 수 있는 누군가인지도 모른다고 스스로에게 말하며, 여우는 동요하지 않으려 애썼다. 어쩌면 도와줄 수 있는 누군가를 보냈는지도 모른다.

여우는 떨렸다. 그리고 기다렸다.

2

 애비는 마음을 단단히 먹으려 했지만, 마음을 단단히 먹는 일은 애비가 잘하는 일이 아니었다. 사실 애비는 지독한 겁쟁이였다. 갈등 회피의 대가. 그러니 망했다. 앞으로 다가올 상황은 좋을 리 없고, 그렇지 않아도 엉망진창인 오늘은 더욱 끔찍한 날이 되어 갈 것이다.

 하지만 피할 길이 없다. 국어 시간에 일어난 일은 어차피 금방 크리스틴의 귀에 들어갈 것이다. 애비의 반에는 밀라도 있고 케이시도 있으니까. 크리스틴, 조지아와 함께 다니는 그 아이들은 넘어지는 컵에서 우유가 쏟아지는 속도보다 더 빨리 모든 걸 일러바칠 것이다.

 크리스틴이 이 일을 곧장 이용할지("오동통 애비! 에이, 장난으로 불러 본 거야. 정색하긴!") 아니면 아껴 뒀다가 최대한으로 타격을 입힐 수 있을 때 사용할지 알 수 없다. 클라우디아가 이사를 가 버린 후 크리스틴 무리의 언저리로 대피한 애비는 이제 크리스틴 곁에서 지내는 것이 어떤 일인지를 잘 알고 있다. 가끔은 한 무리에 속한 대접을 받을 수 있지만, 가끔은 완전히 소외된다.

속할 방법을 찾으려 끊임없이 노력했지만, 애비는 대체로 소외되었다. 6학년은 친구가 없더라도 상관없는 척하는, 홀로서기를 할 만한 시기가 아니었다. 그래서 애비는 크리스틴에게 자신의 후식을 주기도 하고, 아침에 버스에서 수학 숙제를 대신 해 주기도 했다. 그런다고 그다지 달라진 것 같지는 않았지만.

학교 식당으로 들어서며 애비는 밀라나 케이시가 어느 정도 이야기를 할까 걱정이 되었다. 전체를 다 이야기할까? 아니면 가장 창피스러운 부분만? 아, 애비는 왜 아크로스틱 시[1]를 쓸 단어로 다른 단어를 고르지 않았을까? '무지개', '말', '배구' 같은 단어들을 놔두고 왜 하필 '오동나무'라고 했을까?

"오동나무? 음, 재미있는 단어네."

이 선생님은 이렇게 말하고 칠판에다 '오동나무'를 적었다.

"난 이 단어의 발음이 항상 참 좋더라니까. 이 '오동' 발음이."

아이들을 주동한 건 마르코 페리였다. 마르코는 책상을 손바닥으로 두들기며 큰 소리로 외쳤다.

"오동통 애비! 오동통 애비!"

대부분의 남자아이들이 합세하여 외쳤고, 외치지 않는 아이라고는 이런 짓에 관심이 없는 천재 웨버 로건과, 다른 남자애들이 하는 행동에 끼는 법이 거의 없는 무척 진지하고 조용한 아이 아눕 채터지뿐이었다.

"다들 조용히 해!"

선생님은 외쳤지만 소용없었다. 젊은 새내기 교사인 그에겐 아무런 통제력이 없었다.

애비는 울음을 꾹 참았다. 모든 방법을 동원했다. 똑바로 앞을 바라보며 코로 깊이 숨을 쉬고 자신이 수집하는 예쁜 불가사리들을 생각했다.

하지만 애비는 이번에도 늘 하는 실수를 하고야 말았다. 엄마를 떠올리고는, 엄마가 이 일을 알면 얼마나 속상해할까 생각해 버린 것이다. 커피 잔을 들고 식탁에 앉은 엄마의 모습이 떠올랐다. 엄마가 사랑해 마지않는 커다란 역사책들을 읽고 있는 모습. 아이들은 안전하게 학교에 있고, 남편은 창고 내 사무실에 있으며, 자신은 집을 혼자 차지한 채 지역 대학에서 강의할 '식민지 시대 미국' 수업을 위해 애비게일 애덤스, 조지 워싱턴, 토머스 제퍼슨 등의 인물들에 관해 읽고 메모하고 있기에, 행복하다고 느끼는 엄마의 모습. 엄마는 독서 의자 주변에 적어도 책을 서른 권 정도 삐뚤빼뚤하게 쌓아 놓고는 누군가 너무 가까이 온다 싶을 때마다 "책 조심해!" 하고 외친다.

애비네 반 남자아이들이 지금 애비를 이렇게 놀리고 있다는 걸 엄마가 알면, 얼굴은 일그러질 것이고 커피 잔도 책도 더는 들고 있지 못할 것이며 온종일 부엌에 흐르는 클래식 채널 라디오도 꺼 버리고 말 것이다.

애비 엄마는 불행을 좀처럼 견디지 못했다.

부엌에서 불행해하고 있을 엄마의 모습이 그려지자 애비 눈에서 눈물이 흐르기 시작했다. 그 눈물은 상황을 악화시킬 뿐이었다. 남자아이들은 더욱 신이 나 애비의 이름을 외쳤다.

애비는 포기하고 그냥 울어 버렸다. 눈물을 멈추기 위해선 그 방법뿐이었다. 빠져나가는 방법은 정면 돌파뿐이야. 5학년 때 레이즈먼 선생님은 즐겨 말씀하셨다. 때론 울음을 그치려면 그칠 수 있을 때까지 울어 버리는 수밖에 없다. 울다 보면 눈물이 잦아드는 때가 오고, 마침내 작은 한숨이 나온다. 이때 곁에 친구가 있으면 최악의 순간은 지나갔다는 걸 알리기 위해 미소를 지어 보일 수도 있다.

클라우디아 생각은 하지 말자. 애비는 속으로 다짐했다.

하지만 생각해 보니, 집에 가면 클라우디아에게 이메일을 쓸 수도 있고 전화를 할 수도 있다. 너 다른 건 몰라도 우리 학교 남자애들은 하나도 안 보고 싶지? 놀리고 남 망신 주기밖엔 안 하는 애들이 뭐가 보고 싶겠어? 하고 수다를 떨 수도 있다.

그러면 클라우디아는 대답할 것이다. 잊지 마. 언젠가 우리는 우리만의 아파트에 살게 될 거고, 거기에 못된 사람들은 발을 들이지 못할 거야.

우리만의 아파트. 애비는 이 기분 좋은 생각을 붙들어 두려 애썼다. 4학년 때 애비와 클라우디아는 신발 상자 네 개를 서로 테이프로 붙여, 언젠가 함께 살 아파트의 방이라고 생각하며 놀았다. 상자 옆면에 구멍을 내어 부엌에서 거실로, 거실에서 침실로 가는 문을 만들었다. 실제 아파트에는 물론 복도가 있겠지만 신발 상자로 만든 아파트엔 문만으로도 충분했다.

선생님이 키가 크고 깡마른 마틴에게 본인이 쓴 시를 읽어 보라고 하자, 남자아이들이 애비를 놀리던 소리는 줄어들었다. 애비는 조용히 코를 훌쩍이며 휴지가 있었으면, 하고 생각했다. 그리고 대각선 방향에 앉은 여자아이가 애비를 돌아보고 미소를 지어 주면 좋겠다고도 생각했다. 하지만 어쨌든 애비는 금세 울음을 그쳤다. 잘한 일이다.

애비는 공책의 빈 면을 펼쳐 언젠가 살 아파트에서 키울 식물을 그리기 시작했다. 1인용 침대 두 개도 소형 냉장고도 그려 넣었다. 개를 위한 작은 침대도 그려 넣었고, 그 침대 위엔 깔끔하게 개어 놓은 작은 담요도 그려 넣었다. 벽지엔 꽃무늬를 그려 넣고 거대한 평면 티브이도 그려 넣었다. 애비는 멈추지 않고 그려 나갔다.

종이 울렸을 때, 애비는 자신이 그 아파트가 아니라 교실에 앉아 있다는 사실에 깜짝 놀라 눈을 몇 번이나 깜박이고 고개를 흔들었다. 상상 속에만 존재하는 곳인데도 그 아파트가 훨씬 더 실제처럼 느껴졌다. 다른 아이들이 바쁘게 교실을 빠져나갔다. 오직 아눕 채터지만이 조심스런 태도로 천천히 공책과 펜을 가방에 넣고 있었다. 자신을 바라보던 애비와 눈이 마주치자 가볍게 미소를 짓고 고개를 끄덕였다.

애비도 엷은 미소로 답한 후 자리에서 일어섰다. 깊은 숨을 들이쉬었다가 천천히 내뱉으며, 다가올 일에 대해 마음의 준비를 했다.

식당으로 가지 않고 도서관으로 가는 방법도 있었다. 사서인 론지 선생님은 애비를 좋아했다. 선생님은 요즘 애비에게 독서 토론에 참여하라고 설득하는 중이었다. 애비는 참여하지 않겠다는 대답을 아직 하지 않았다. 책을 즐겨 읽는 아이들이 모인 팀의 일원이 된다는 것은 좋지만, 주어진 목록 속의 책들은 별로 읽고 싶지 않을 것 같았기 때문이다. 애비는 권장 도서를 읽지 않는 버릇이 있었다. 책은 직접 고르는 것이 좋았다.

하지만 애비는 배가 고파서 도시락으로 싸 온 샌드위치와 함께 초콜릿 우유를 먹고 싶었고, 또 어차피 별일 없을 거라고도 생각했다.

"다이어트를 할까 해."

애비가 식탁에 앉자마자 크리스틴이 말했다.

"요즘 살이 많이 쪄서. 청바지가 꽉 껴."

그러자 모두가 앞다투어 조금도 살찌지 않았다고 크리스틴을 안심시켰다. 애비도 그냥 하는 말처럼 들리지 않도록 일부러 잠시 기다렸다가 한마디 거들었다.

"너 정말 보기 좋아, 크리스틴. 너무 말랐다고도 할 수 있는데, 뭐."

실수였다. 크리스틴은 너무 마르지 않았다. 너무 살찌지도 않았다. 크리스틴은 정말이지 완벽하니까, 거기서 벗어난다는 식의 말은…… 당연히 해선 안 될 말이다.

걱정스러운 목소리로 크리스틴이 물었다.

"너희 부모님이 너 다이어트 시킨 적 있어? 과체중인 자녀한테 부모가 가장 해서는 안 되는 행동이 다이어트를 강요하는 거라고 들었거든. 그런 행동이 많이 먹고 토하는 폭식증의 원인이 된대. 뭐, 내 의견을 말하자면 많이 먹고 토해 내는 거야말로 굉장히 좋은 다이어트 방법 같긴 하지만 말이야. '먹고 싶은 대로 먹어! 나중에 토하면 되니까!' 얼마나 좋아?"

아이들이 키득거렸다. 애비는 볼이 달아오르는 것을 느꼈다. 소리치고 싶었다. 난 그 정도로 살찌지도 않았다고! 그건 사실이었다. 2주 전 체육 시간에 몸무게를 쟀다. 애비는 47킬로그램이었다. 크리스틴은 40킬로그램이었다. 그게 뭐? 7킬로그램은 그렇게 큰 차이도 아니다.

애비는 식탁에 앉은 여섯 여자아이들을 둘러보았다. 크리스틴, 조지아, 케이시, 밀라, 베스. 다들 몸무게가 40킬로그램 초반이었다. 다들 보통 여자아이들이었다. 보통 정도로 똑똑하고, 운동 실력도 보통이고, 집안 형편도 보통이고. 크리스틴이 가장 중요한 존재였고 애비가 가장 하찮은 존재였다. 애비는 알아서 대체로 조용히 지냈다. 제 의견을 드러내지 않았다. 보통 아이들 중에서도 가장 보통이 되어 누구의 눈에도 띄지 않고 지내는 데 최선을 다했다.

애비는 지금 조심해야 한단 걸 알았다. 지금 뭔가 적절하지 않은 말을 하면 두 번째 스트라이크가 되어 버리니까. 그러다 버스에서 뭔가 바보 같은 행동까지 해 버리면, 크리스틴이 "삼진 아웃이야!"라고 외치며 넌 다시 외톨이가 될 거라는 의미로 차가운 눈빛을 쏘아 보낼지 모른다. 그렇게 되면 애비는 누구와도 말을 주고받지 못한 채 식탁 가장자리에 앉아, 간혹 베스나 케이시가 보낼지 모르는 동정 어린 눈빛에 의지하며 점심시간을 버텨야 하리라.

애비는 샌드위치를 내려다보았다. 집에서 구운 빵으로 만든 참치 샌드위치였다. 엄마는 반죽에 꿀을 레시피보다 두 숟가락 더 넣어 구웠기 때문에 빵은 다소 달짝지근했지만, 그렇다고 해서 지나치게 달지는 않았다. 엄마는 애비가 크리스틴, 조지아와 친구가 되길 바랐다. 애비가 행복하길 바랐다.

이 빵이 날 행복하게 해 준다. 애비는 생각했다. 크리스틴과 친구로 지내는 일은 그렇지 않아.

크리스틴은 이제 적절한 말을 한마디 하면 그냥 넘어가 주겠다는 듯한 목소리로, 애비에게 이렇게 물었다.

"네 생각은 어때? 토하는 거, 너 살 빼는 데 좋은 방법 아닐까?"

애비는 크리스틴을 만족시킬 만한 대답을 하려고 입을 열었다. 그런데 다른 말이, 생각지 못한 말이 불쑥 나왔다.

"좀 역겨운 방법 같은데. 정신적으로 문제가 있을 때 하는 행동 같아."

식탁에 앉은 모든 아이들이 아주, 아주 조용해졌다. 과자 봉지를 구기고 있던 조지아의 손이 멈췄다.

크리스틴은 침착하게 대응했다.

"흠, 내 생각에 뚱뚱한 사람들은 정신적으로 문제가 있는 게 맞아. 그렇다는 기사를 읽었어."

그러자 조지아가 덧붙였다.

"그래, 정서적으로 발달이 부족하다나, 그랬어. 아무한테도 사랑을 못 받으니까 항상 뭔가를 먹으며 달래는 거라고."

애비는 아마 그럴 거야, 라고 말할 뻔했다. 나도 읽은 것 같아, 라고 말할 뻔했다. 항상 하는 식의 말, 누구의 기분도 해치지 않는 무슨 말인가를 할 뻔했다. 하지만 그러지 않았다. 애비는 천천히 자신의 샌드위치를 도시락 가방에 집어넣었다. 그리고 일어섰다. 다리가 떨렸다. 마치 얼음물에 얼굴을 담근 것처럼 눈과 코 주위가 차가웠다.

"뭐하는 거야? 앉아."

크리스틴은 말했다. 애비는 대답하지 않았다. 입을 열면 토할 것 같았다. 무슨 일이 있었던 거야? 하고 외치는 엄마 목소리가 들리는 것 같았다. 나도 몰라! 하고 받아치고 싶었다.

애비는 식당 출구 쪽으로 걸어가기 시작했다. 무언가가 자신의 다리 뒤에 부딪히는 것이 느껴졌다. 내려다보니 조지아가 구긴 과자 봉지가 보였다.

어깨로 문을 밀며 애비는 생각했다. 뭐, 이게 끝이겠지.

그리고 오후 내내, 마지막 종이 칠 때까지 애비의 손가락 끝에서 작은 불꽃들이 반짝거렸다. 아무도 보지 못했지만 애비에겐 보였다.

3

그날 오후 스쿨버스를 타고 집으로 가는 일은, 마치 귓가에 한 무리의 벌들이 아무리 윙윙거려도 꼼짝하지 않고 버티는 훈련을 하는 것만 같았다. 애비가 배신자라고 떠들어 대는 크리스틴과 조지아의 목소리가 윙윙거렸다. 자신들이 그나마 친구라도 해 준 게 애비에게는 행운이었다고. 이젠 애비에게 친구라곤 없을 거라고. 애비처럼 뚱뚱한 아이와 누가 친구를 하겠느냐고.

애비는 자리에서 불편하게 꿈틀거렸다. 옆에 앉은 5학년 소녀는 창가 쪽으로 바싹 붙어 앉았고, 애비는 자신이 자리를 그리 많이 차지하지 않았기를 바라며 얼굴을 붉혔다. 허벅지를 더 바싹 붙이고 허리는 더 폈고 볼은 빨아들였다.

"모저 선생님이 합창 공연 때 입을 셔츠 사이즈 물었을 때, 걔가 미디엄이라고 대답하는 거 들었어?"

크리스틴이 엄청나게 커다란 목소리로 말했다.

"미디엄이라니! 장난 쳐? 엑스라지라면 또 모를까!"

애비는 오로지 앞자리에 앉은 남자아이의 뒤통수에만 시선을 고정했다. 머리카락이 세 군데나 뻗쳐 있었고 그중 한 군데는 완전히 수직으로 튀어나와 있었다. 이 아이도 이게 신경 쓰일까? 아침에 거울 앞에서 뻗친 머리카락을 가라앉게 만들려고 젤을 발라 문지를까? 사람들이 셔츠 사이즈가 뭐냐고 물으면 기분이 나쁠까? 라지 사이즈라는 것을 알고도 미디엄이라고 거짓말을 할까? 장날 호박 다루듯 몸무게를 측정한 선생님이 기록 담당 조수에게 그 수치를 말해 줄 때 모두가 쫑긋 귀를 세우는 체육 시간이 든 날이, 이 아이에게도 끔찍할까?

아마도 아닐 것이다. 우선 이 아이는 남자아이고, 남자아이들은 머리 모양이나 셔츠 사이즈에 그리 신경 쓰지 않는다고 애비는 확신했다. 남동생 둘을 직접 경험하며 안 사실이다. 둘째로 이 아이는 보통 체격이다. 체육 시간에 몸무게를 잴 때 아무 생각이 없을 것이다. 아무렇지 않다는 것, 그건 어떤 기분일까? 저울에 오를 차례가 다가오는데도, 체육 선생님이 만지작만지작 저울을 조작할 때마다 눈금이 조금씩 오른쪽으로 옮겨 가고 눈금의 숫자가 점점 더 커지는데도 뒤에 선 친구와 계속 장난을 칠 수 있다는 건 말이다. 이 남자아이는 결코 눈을 질끈 감고 뒤틀리는 배를 부여잡고서, 하룻밤 사이 마법처럼 5킬로그램이 빠졌기를 기도하며 서 있지는 않을 것이다.

뒤에서 크리스틴의 목소리가 들렸다.

"애초에 걔랑 왜 같이 다니기로 했는지를 모르겠어. 완전 시간 낭비인데."

"쟤들 네 얘기 하는 거야?"

소냐가 마치 영화 속 첩보 요원이라도 된 것처럼 한쪽 입꼬리만 움직이며 말했다.

애비는 고개를 저은 뒤, 속삭이며 대답했다.

"아니, 쟤네 반에 있는 싫은 여자애 이야기하는 거야."

"이름이 애비인 여자애?"

애비가 고개를 끄덕이자, 소냐는 코웃음을 치며 다시 창 쪽으로 고개를 돌렸다.

크리스틴 일당의 식탁을 뒤로 하고 걸어 나왔던 건 그다지 좋은 생각이 아니었는지도 모른다. 아니, 애비는 도대체 무슨 생각이었던 걸까? 그냥 "맞아, 구토는 살을 빼는 데 참 좋은 방법이야." 하고 말했어야 했다. 바로 그날 오후부터 다이어트에 들어갈 거라고 말했어야 했다.

마음 한편에는 당장 뒤돌아보며 농담이었을 뿐이라 말하고 싶은 생각이 간절했다. 하지만 애비는 너무 늦었다는 것을 알았다. 이제는 다른 사람들의 마음에 들기 위해 행동하고 말하는 게 지긋지긋했기 때문이다. 설사 이제 누구도 자신에게 말을 걸지 않는다 해도, 원하는 대로 행동하고 생각하고 싶었다. 끔찍하리만치 두렵지만, 애비가 진심으로 바라는 일이었다.

마침내 리지 밸리 로드 모퉁이에 버스가 섰다. 애비는 허둥지둥 좌석 사이의 통로를 지나, 버스 문에서 보도로 펄쩍 뛰듯이 내렸다. 탈출해야 했다.

애비는 달렸다.

"누구한테서 도망가는 건데?"

크리스틴이 외쳤다. 마치 협박처럼 들렸는데, 협박이라면 어떤 협박일까? 싸우자는 협박? 집에 오는 동안 버스 안에서 크리스틴이 적어도 열 번은 지적했듯, 애비는 크리스틴보다 적어도 7킬로그램은 더 나가는데. 다른 건 몰라도 크리스틴을 찌부러뜨릴 능력은 있는데.

애비는 언덕을 쿵쿵 내달려 집으로 향했다. 그러다 앞마당에 도착해서 멈춰 섰다. 집에 들어가고 싶지 않았다. 엄마는 방금 과자를 만들었을지 모른다. 퇴근하고 집에 와서, 아이들이 따뜻하고 포근한 냄새를 맡으며 문을 열고 들어오도록 30분 전에 과자를 구워 두는 그런 엄마였다.

애비는 이토록 뒤죽박죽인 감정(나는 자유야! 나는 망했어!)을 짊어지고 그토록 달콤한 냄새가 나는 집으로 들어갈 수 없었다. 엄마는 눈치챌 것이다. 엄마는 밝은 분위기를 만들려 할 것이다. 하지만 애비는 괜찮은 척하고 싶지 않았다. 뒤죽박죽인 채 있고 싶었다. 느껴지는 감정 그대로 느끼고 싶었다.

애비는 집 맞은편 공터에 잠시 서 있었다. 아빠는 그곳을 '정글'이라고 불렀다. 정말 별난 계기로 생겨난 곳이었다. 재작년 여름, 그 집 사람들은 일 년 동안 집을 비우고 일본에 가 있었다. 정기적으로 잔디를 깎아 줄 사람만 한 명 고용했지, 집 안팎을 보살펴 줄 사람을 아무도 두지 않았다. 아마도 집주인들이 출국한 직후부터 그 집 지붕에서 비가 새기 시작한 모양이고, 일 년 후 그들이 돌아왔을 때는 집안 가득 유독한 곰팡이가 피어 있었다.

7월 두 주 동안 애비와 애비의 남동생 존과 게이브는 등에 '위험 물질'이라고 적힌 흰 작업복 차림의 남자들이 벽돌이며 판자를 해체하여 조금씩 그 집을 허무는 모습을 현관 발코니에서 구경했다. 그건 마치 거꾸로 돌리는 영화를 보는 것만 같았다. 지루한 광경처럼 들릴지 모르지만, 실제로는 눈을 떼기가 어려울 정도였다.

정말이지, 마치 뭔가가 죽어가는 모습을 지켜보는 듯했다.

"집 안으로 좀 들어가서 보는 게 어때?"

잠옷 바람으로 현관 계단에 앉아 뚝뚝 흘러내리는 아이스바를 빨아 먹으며 길 건너편을 구경하는 세 남매에게, 엄마는 거의 매일 아침 조바심을 내며 이렇게 말했다.

"엄마, 그렇게 위험하면 저 사람들이 위험하다고 말했겠지. 집 무너뜨리기 전에 전부 소독했을 거야."

존은 말했다.

그 남자들이 일을 마쳤을 때, 그곳에 수풀로 뒤덮인 땅 외에 한때 뭔가 다른 것이 있었다는 흔적은 진입로뿐이었다. 이웃들은 다들 이제 무슨 일이 일어날지 궁금해했다. 땅은 소독이 되었을까? 그곳에 새로운 집을 지을 수 있을까?

땅에까지 곰팡이가 번졌을 수도 있지만, 설사 그랬다 해도 그 곰팡이는 거의 하룻밤 사이에 무수하게 돋아난 들풀들을 막진 못한 셈이다. 야생화들이 피어났다. 어린 나무들이 뿌리를 내렸다. 앞마당이 있던 자리엔 민들레가 무더기로 피어나 편안히 자리 잡았다. 애비 아빠는 제초제를 한 통 뿌려 그 잡초들을 죽이겠다고 으름장을 놓았지만, 겁이 나서 가까이 가지도 못했다. 곰팡이 포자가 아직도 떠다니면 어쩌나?

애비는 집 건너편에 생겨난 이 야생 들판을 사랑했다. 매일 아침 가느다란 줄기 위로 피어난 새로운 꽃 한 송이라든지, 여기 사는 것 같지 않은 노란 점박이 새 같은 것이 보였다. (정말로 여기 살지 않는다면 도대체 어디서 온 새일까?) 애비는 도서관에서 《내셔널지오그래픽 북아메리카 조류 휴대용 도감》을 빌려 새들의 이름을 적기 시작했다. 검은방울새, 찌르레기, 벌새.

이 공터는 길 건너 애비네 집 마당과 정반대였다. 엄마는 실내에서 생활하길 좋아했다. 아빠는 하루에 열여덟 시간을 일했다. 애비네 마당은 잔디를 깎고 잡초를 죽이는 전문가가 관리했다. 늦가을엔 조경사가 와서 현관 발코니를 가리는 진달래와 회양목을 잘라낼 것이다. 모든 것이 대칭을 이루었고 깔끔하기 짝이 없었다. 야생의 것은 아무것도 살아남지 못했다.

공터에 선 애비는 풀들이 자신의 허리 높이까지 자랐음을 알아차렸다. 세상의 마지막 날에는 뭐가 남을까? 어떤 사람들은 바퀴벌레라고 하지만 애비는 들풀이라는 데 한 표를 던지고 싶다. 녹갈색의 바다 같은 들풀 사이를 바닷물 가르듯 걸어 보고 싶었다. 하지만 애비는 진드기를 원치 않았다. 거머리와 마찬가지로, 진드기는 생각만으로도 소름이 돋을 지경이었다. 피부에 붙어 피를 빨아먹는 것이라면 그게 무엇이건 끔찍했.

그래서 바다와 같은 풀밭을 가르며 걸어가는 대신, 애비는 그 주위를 걸었다.

그리고 그때, 여우를 만났다.

애비는 야생 동물에 익숙하지 않았다. 다람쥐나 토끼도 야생 동물에 포함시킨다면 모를까. 다람쥐나 토끼는 결코 애비의 머리카락을 쭈뼛 서게 만들지 않는다. 그래서 그 작고 붉은 여우가 갑자기 나타났을 때, 애비의 얼굴을 살펴보는 두 눈과 킁킁 냄새를 맡는 섬세하고 뾰족한 코를 보았을 때, 애비는 터져 나오려는 비명을 억눌렀다. 보통 여자애의 삶에서 빠져나오느라 이미 휘청거리던 애비였다. 거기다가 이 여우, 이런 생명체와 마주치기까지 하다니. 이것은 애비를 죽이려 들까? 목을 물어뜯을까?

여우는 고개를 한쪽으로 갸우뚱했다. 마치 무언가를 의아해하는 것처럼. 그녀(혹은 그)는 작은 동물이었다. 애비가 뻥 차 버리면 공터를 가로질러 날아갈 것 같았다. 마주 보는 엄지손가락2을 지녔고 대뇌 피질이 고도로 발달한 애비가 여기선 유리했다.

실은 그렇지도 않지만.

여우는 개와 동족이던가? 애비는 머릿속을 헤집어 보았다. 맞는 것 같은데. 아닌가? 그런데 왜 이 여우를 보니 고양이가 떠오르는 걸까? 여우처럼 엉큼한, 이란 말이 생각났다. 그러고는 집에 있는 개, 필요할 때면 똑똑해지는 빙고가 생각났다. 식구들이 외출하기 전에 자신을 가두려는 조짐이 보이면 소파 밑으로 숨어 버릴 만큼 똑똑한 개였지만 엉큼하지는 않았다. 약삭빠르지도 않았다.

"너 누구야?"

애비는 여우에게 물었다. 쪼그리고 앉아 손을 내밀었다. 애비는 여우가 그 손을 핥길 바란 것일까? 빙고처럼 귀 뒤를 살살 긁어 주길 기대하며 손에 머리라도 문지르기를?

여우가 더 가까이 다가왔다. 여전히 애비를 바라보며.

"너 여기 살아?"

애비는 물었다.

한 걸음 더 가까이. 애비는 이제 무섭지 않았다. 여우가 이렇게 가까이 다가와 있다는 사실이 믿어지지 않았다. 여우의 주둥이에서 3센티미터 정도 떨어진 거리까지 손을 내밀었다. 여우가 입을 열었다. 애비는 여우가 하품을 하려나 보다, 내 발치에 몸을 말고 잠을 청하려나보다, 하고 생각했다. 그리고 그때 여우의 이빨이 애비의 손에 닿았다. 가볍게. 마치 아주 조금만 상처를 내려는 것처럼.

애비는 자빠져 엉덩방아를 찧었고, 여우가 총총히 바다 같은 풀밭 속으로 사라지는 모습을 보았다. 여우가 애비를 물었다! 왼손이 따끔거리기 시작했고, 애비는 상처에 난 조그마한 두 구멍을 살펴보았다. 작고 동그란 핏방울이 둘 배어 나와 있었다. 닦아 버려야 했다. 엄마가 본다면 무슨 일이 있었는지 물어볼 것이고, 서둘러 애비를 응급실로 데려가 위를 세척하고 맹장을 떼어 버릴 것이다. 다시는 그 공터에 가지 못하게 할 것이다.

애비는 손을 청바지에 닦아 버렸고, 두 개의 작은 이빨 자국 말고는 아무것도 남지 않도록 침을 발라 문질렀다. 여우 이빨 자국이라니, 하고 생각하자 이상하게 마음이 들떴다.

거실에서 책을 읽고 있는 엄마는 집으로 들어오는 애비의 발소리를 듣고 "어서 와." 하고 외칠 뿐이다. 일어나 마주 보며 반겨 주기에는 식민지 시대 미국의 삶 속에 너무 빠져들어 버린 엄마였다. 일단 방에 들어선 애비는 가방을 침대 위에 던져 버리고 벽장을 열었다. 그 속으로 들어가 등 뒤로 문을 닫았다.

애비는 언제나 벽장 속에서 가장 좋은 생각들을 해내곤 했다. 더 어렸을 때는 이 벽장을 자신의 집이라고 생각해 보기도 했다. 그림도 그려 벽에 걸었다. 분홍색 오두막집 위로 높이 피어난, 황홀할 정도로 행복해 보이는 노란 데이지 꽃 그림. 마치 《작은 아씨들》의 네 자매들이 《바람과 함께 사라지다》의 스칼렛 오하라를 만나러 간 것처럼 모두 크게 부풀린 치마를 입은 초상화. 신발 상자 속에는 간식을 숨겼다. 물론 과자도 넣어 두었다. 과자는 늘 구비되어 있었다.

애비에겐 몰래 과자를 즐기는 습관이 있었다. 4학년이 끝난 어느 여름날 아빠가 엄마에게 애비는 다이어트를 좀 해야겠다고 말했을 때부터, 애비는 수영장 매점에서 산 초콜릿 비스킷을 샤워 가운 속에, 혹은 엄마가 청바지와 함께 입으면 애비에게 잘 어울리겠다고 생각해 중고품 가게에서 사 왔지만 정작 애비는 한 번도 입지 않은 남색 윗옷 주머니 속에 숨기기 시작했다. 선택할 수 있는 식단이 저지방 요구르트와 닭 가슴살 110그램, 그리고 무지방 우유에 탄 시리얼 부스러기뿐인 날이면, 애비는 벽장 속으로 슬쩍 들어가 숨겨둔 초콜릿 과자들을 해치웠다.

몸무게를 재는 토요일 아침이면, 아빠는 엄마에게 이렇게 말하곤 했다.

"진전이 너무 느린 것 같은데. 당신 얘한테 간식 주지?"

"사람마다 살 빠지는 속도가 다 다르잖아."

엄마는 걱정스러운 표정으로 애비를 보며 이렇게 말하곤 했다. 뭔가 잘못된 걸까? 어쩌면 갑상선 문제인가?

애비는 그저 어깨를 으쓱하며 대답하곤 했다.

"운동을 좀 더 해야 되려나 봐."

"우리 다 같이 자전거 타러 가자!"

엄마가 외치고, 아빠는 긍정이나 부정을 넘어, 말이 되는 소릴 해, 하는 의미로 코웃음을 쳤다. 자전거를 타러 가려면 남는 시간이 있어야 한다. 애비 아빠에겐 없었다. 아니, 원하지 않는다는 편이 좀 더 정확하겠다.

지금 벽장 속에 앉아, 애비는 손이 약간 욱신거림을 느꼈다. 여우가 광견병에 걸렸을 수도 있을까? 어쩌면 물린 이야기를 엄마에게 해야 할지도 모른다. 팔을 잃고 싶지는 않으니까. 팔까지 잃지 않아도 이미 충분히 많은 문제를 안고 있는 애비였다. 하지만 여우는 입에 거품을 물고 있지도, 미친 것처럼 행동하지도 않았다. 여우처럼 미친, 이라는 표현이 생각났다. 그게 무슨 뜻일까. 애비는 사실 어느 정도는 그 뜻을 이해했다. 사람은 때때로 진짜 마음속을 보여 주기 위해 미친 것처럼 행동하기도 한다. 여우도 그러는 걸까? 그런 모양이다. 아니고선 왜 그런 표현이 있겠는가?

한 시간쯤 후, 따끔거림은 가셨다. 엄마가 저녁이 거의 다 준비되었다며 아래층에서 불렀다. 애비는 엄마에게 크리스틴 얘기, 그러니까 이제 크리스틴과 친구가 아니란 이야기를 할 것인지 고민했다. 하고도 싶지만, 아마도 하지 않을 것이다. 나 이제 크리스틴이랑 친구 아니에요, 하고 말할 수 있다는 건, 그렇게 선언한다는 건, 문을 여는 것과도 같다. 엄마에게, 들어오세요. 진짜 애비게일 워커, 자기가 원하는 말과 행동을 자기가 원할 때 하는 아이를 만나 보세요, 하고 말하는 셈이다.

애비는 일어나 벽장문을 열고 밖으로 나갔다. 자신의 손을 보았다. 자국은 사라지고 없었다. 두 팔을 펴서 살펴보고, 다리도

보고, 배도 두들겨 보았다. 몸의 모든 부분들이 오늘 아침에 일어났을 때와 다를 바 없어 보였고, 또 그렇게 느껴졌다.
 하지만 이제는 완전히 다른 사람이 되었다고 애비는 확신했다.

4

오랜 세월 동안 시인들은 여우들의 윤기 자르르한 붉은 털과 날렵하고 우아한 코에 관해 펜을 놀리고 싶어 안달이었다. 다음 날 아침 어느 닭장 옆에 서서 유독 토실토실한 닭 한 마리를 응시하며, 여우는 그 사실을 떠올렸다. 이런 짓을 하기에 자신은 너무나 고고한 존재다. 닭장을 털다니 이 얼마나 저속한 짓인가! 닭들은 내버려 두자. 시인들이 대체로 무시하는, 사실 무시할 만한 족속이기도 한 너구리들이 차지하도록.

게다가 이제 살육은 싫다! 피와 뼈, 몸에서 뽑혀 나와 공중에 날아다니는 깃털들을 더는 보고 싶지 않다.

소녀를 만난 들판에서 그리 멀지 않은, 어느 평범한 뒷마당 한가운데에 있는 닭장이었다. 여우는 닭장에서 물러났다. 이날 아침 여우는 이 지역을, 녹색이 황금색과 갈색으로 변해 가고 있는 이 인근을 답사하고 있었다. 덫을 찾고 주위를 확인해야 했다. 주택가 한복판에 위치한 공터라는 점과 그 닭장을 제외하고는 평범한 곳이었다. 집들은 좋은 편이었지만 대저택은 아니었고 각 집의 마당들은 다 비슷비슷했다. 회양목과 금작화, 피라칸타가 있었고, 잡초가 자라지 못하도록 덮개가 깔려 있는 곳도 있었다.

여우는 이런 곳이 좋았다. 아무도 여우를 찾지 않는, 조용히 지내기만 하면 아무도 귀찮게 하지 않는 곳, 마음껏 탐색할 수 있는 곳 말이다. 대체로 사람들은 집 안에만 머물렀고, 나오는 경우란 차를 타고 어딘가 다른 곳으로 간다는 의미였다. 함께 사는 개와 고양이 말고 다른 동물에 관해선 전혀 생각하지 않았다. 뒷마당 수풀 속에 뱀과 마멋과 너구리(끔찍한 생명체)와 생쥐와 두더지와 들쥐들이 득실거린다는 사실은 전혀 상상하지도 못했다. 그 속에 여우 한 마리가 있다는 것은 꿈에도 생각하지 못할 것이다.

사람들에게 주목 받고 싶은 날이면 여우는 어느 부엌 창가 아래에 서 있기만 하면 되었다. 곧 누군가가 내다보고 여러 사람이 모여들고 누군가는 손가락질을 하고 누군가는 감탄사를 내뱉고 가끔은 비명소리도 들린다. 어떤 기분 때문이건, 사람들은 여우를 보기만 해도 저마다 난리를 쳤다.

당연하지.

마지막으로 닭들을 슬쩍 한번 뒤돌아보고, 여우는 닭장 뒤 숲 속으로 들어가 여자아이의 집이 있는 쪽으로 향했다. 공터에서 만난 여자아이. 여우는 나름대로 부드럽게 대하려 조심했다. 그 아이에게 그저 이렇게 말하고 싶었을 뿐이었다. 나 여기 있어. 나는 이제 네 이야기 속에 있고, 너도 내 이야기 속에 있어. 이제 무슨 일이 일어나나 보자.

그게 바로 재미있는 부분이다. 향기에, 소문에, 조짐이 좋은 환경에 이끌려 어느 이야기 속으로 들어가서 무슨 일이 일어날지 지켜보는 것이다. 마차 속에서 어린 남동생을 품에 안고 자장가를 불러 주는 소년에게 이제 무슨 일이 일어날까? 높은 모자를 쓰고 극장 특별석에 앉아 연극을 즐기는 대통령에게 이제 무슨 일이 일어날까? 들풀의 바다 한가운데 서서 여우에게 마치 반가운 친구처럼 손을 내밀던 소녀에게는 이제 무슨 일이 일어날까?

여우에게는 이제 무슨 일이 일어날까?

좌우를 살피고 길을 건너며 여우는 생각했다. 들판으로 돌아가자. 별꽃과 엉겅퀴 사이를 달리는 생쥐 한 마리를 발견할지도 모른다.

작은 생쥐 한 마리쯤이야 뭐, 나쁠 거 있겠어?

5

다음 날 아침, 버스 정류장을 향해 언덕을 오르는 애비의 손에는 책이 한 권 들려 있었다. 엄마가 어린 시절 보던 《청소년을 위한 미술》 시리즈 중 한 권으로, 꽃을 그린 화가들에 관한 책이었다. 지하실엔 엄마가 어릴 때 읽은 모든 책과 대학 교과서가 보관되어 있었고, 애비는 가끔 내려가 그 책들을 훑어보며 엄마가 지금처럼 늘 걱정만 하는 사람이 되기 전에는 어떤 사람이었을지 상상해 보는 게 좋았다.

엄마가 열 살 때, 엄마의 언니가 백혈병으로 죽었다.

"내 어릴 적 기억은 온통 그것뿐이야. 언니가 아프다, 언니가 죽어간다, 언니가 죽었다. 그것밖에 없었어."

엄마는 애비에게 이렇게 말한 적이 있다.

자신이 알지도 못하는 이모가 있다는 사실에 애비는 이상한 기분이 들었다. 웬디 이모. 웬디 이모를 생각할 때마다 애비는 엄마 같은 어른의 모습을 떠올렸다. 이모는 결코 어른이 된 적이 없는데도 말이다. 이모는 열세 살에 세상을 떠났다. 4월이면 열세 살이 되는 애비는 가끔 밤중에 침대에 누워 청소년이 되기도 전에 백혈병으로 죽는 것을 상상하며 무섭고도 슬픈 기분을 느꼈다. 장례식엔 누가 올까? 참석한 사람들은 나에 대해 뭐라 말할까? 제이 프랭스나 레이드 윈더솔 같은 남자아이들이 실은 속으로 애비를 무척이나 좋아했다고, 자신이 아는 가장 친절한 아이였다고, 인기녀인 릴리 샌더슨이나 홀리스 홀먼보다 훨씬 친절했다고 모든 이들에게 말하는 장면을 상상했다.

엄마의 옛 책을 읽으며 가끔은 남동생 한 명이 죽었을 때의 기분을 떠올려 보려고도 했지만, 도무지 상상이 되지 않았다. 존은 작년에 미식축구공을 잡으려고 달리다가 발코니 문을 부수었다. 커다랗게 부서진 유리 조각들이 주위로 떨어졌는데도 존은 긁힌 흔적조차 거의 없었다. 게이브는 항상 몸 이곳저곳에 상처 딱지가 있었지만 애비가 아프지 않느냐고 물어볼 때마다, '그게 말이 돼?'라는 듯한 표정을 지으며 "나는 터프해서 아픔을 안 느끼거든."이라고 대답해 애비의 웃음보를 터뜨렸다. 아홉 살인 게이브는 태어나 한 번도 빙판 위에서 스케이트를 타 본 적이 없으면서도 커서 하키 선수가 되고 싶어 했다. 단순하게도 그 이유는, 하키 선수들이 늘 서로 치고받아도 전혀 벌을 받지 않는 점이 좋아 보인다는 것이었다.

눈으론 그림과 꽃에 대한 책을 보고 머릿속으론 동생들에 대해 생각하며 애비는 기분 좋게 언덕을 올랐다. 오늘은 크리스틴이 잘해 주는 날일지 괴롭히는 날일지를 걱정하지 않아도 된다는 점도 좋았다. 잊고 있었던 초콜릿 비스킷을 서랍에서 발견해 점심 도시락 가방에 슬쩍 넣어 둔 것도 좋았다. 이제 그 '보통 여자애들'과 같은 식탁에 앉지 않아도 되니, 애비는 원하는 대로 할 수 있다. 누구도 애비의 식단을 검사하고 비난하는 표정을 짓지 않을 것이다.

언덕을 다 오른 애비가 어찌나 샛노란지 거의 야광처럼 보이는 해바라기 그림에서 시선을 들었을 때, 크리스틴과 조지아가 보였다. 그 아이들은 애비를 보더니 고개를 돌렸다. 그러자 애비의 뱃속이 얼어붙듯 서늘해졌고, 단지 고개를 돌리는 행동만으로도 그 아이들이 자신의 기분을 이토록 무섭고 외롭게 만들 수 있다는 사실에 화가 나 얼굴이 화끈거렸다. 애비의 기분은 그 애들의 손에 달려 있지 않다! 하지만 이내, 어쩌면 그 애들의 손에 달려 있는지도 모른다는 생각이 들었다. 모두와 어울리기 위해 노력하던 아이로 돌아가고 싶은 마음이 갑자기 밀려왔기 때문이다. 잘못을 빌까? 아니면 웃어 버릴까? 이야, 나 장난 성공했는걸! 농담이었는데 너희 감쪽같이 믿은 거야? 하고 말하며.

그때 애비의 손이 조금 욱신거린 걸까? 어쩌면 그런 것도 같았고, 애비의 머릿속에는 섬세한 코와 현명한 눈을 한 그 조그만 붉은 여우가 떠올랐다. 애비는 여우를 겁내지 않았다. 그렇다면 크리스틴과 조지아를 겁낼 이유가 있나? 애비는 그 여우가 얼마나 부드럽게 자신을 물었던가를 떠올렸다. 훨씬 심하게 물 수도 있었다! 여우들은 마음먹고 물면 닭 모가지도 부러뜨릴 수 있다. 그러니 그 여우가 애비를 깨문 건 무엇인가를 이야기하기 위해서였는지도 모른다. 어쩌면 애비의 관심을 끌려는 앙큼한 방법이었을지도.

버스 정류장 가장자리에 서서 애비는 여우를, 그리고 여우가 하려던 말이 무엇일까를 생각했다. 여우 한 마리가 애비에 관해 얼마나 알 수 있을까? 혹시 지금까지 애비의 삶 주변을 맴돌며 몇몇 일들을 목격하고는, 애비의 인생을 더 나아지게 만드는 답을 마련해 둔 것은 아닐까? 크리스틴과 조지아에게 어떻게 대처해야 하는지 여우다운, 현명한 조언을 주려는 것은 아닐까?

천천히 버스가 도착했을 때조차 크리스틴과 조지아는 애비에게서 등을 돌린 채 서 있었다. 애비는 피식 웃음이 나왔다. 마치 한때는 친했지만 이제는 멀어진 여자아이들에 관한 어느 영화

주인공이라도 된 것처럼 극적이기만 한 이 아이들의 행동이 우스웠다. 하지만 애비는 크리스틴에게 내심 감탄했다. 다른 아이였다면 휙 돌아서서 따지고 들었을 것이다. 그래, 네가 그렇게 똑똑하고 재미있고 대단한 줄 알아? 하지만 크리스틴은 그러지 않았다. 조지아가 몸이 근질거려 움찔거리는 것을 느낄 수 있었다. 조지아는 돌아서서 애비를 때리고 싶어 했지만 크리스틴이 조지아 어깨에 손을 얹었고, 둘은 그 자리에 얼음처럼 가만히 있었다.

애비가 먼저 버스에 탔다. 운전수 바로 뒷자리에 앉아 다시 그림과 꽃에 관한 책에 시선을 두었다. 책에 등장하는 화가 중 한 명은 다섯 살 때쯤부터 세상의 온갖 것들을 그릴 수 있었고 먼 곳에서도 사람들이 그의 그림을 구경하러 왔다고 한다. 애비는 다섯 살 때 침대 밑에 레고로 마을을 지어 언젠가는 그 속에서 살 수 있을 만큼 작아졌으면 하는 꿈을 꿨다.

아이들이 줄줄이 옆을 지나갔다. 한 아이, 다음 아이, 다음 아이, 또 다음 아이, 그리고 조지아가 지나가다 애비의 앞에 멈춰 서더니 몸을 숙이고 귓가에 속삭였다.

"넌 죽~었어."

애비는 혼란스러웠다. 정말로? 크리스틴과 조지아는 애비를 죽일 것인가? 죽여 놓을 것인가?

애비는 주먹에 바람을 불어넣었다. 숨결은 따뜻했다. 애비는 죽지 않았고, 금세 죽지도 않을 것 같다.

"알았어. 마음대로 해."

애비는 대답했다.

국어 시간에 교실로 들어가자, 책상에 앉아 있던 이 선생님이 애비가 들어온 것을 보고는 다가와서 애비의 책상 앞에 섰다. 가방에서 공책을 꺼내려 씨름하는 애비를 바라보았다.

"괜찮니?"

이 선생님이 조용히 물었다.

애비는 선생님이 어제 교실에서 일어난 일을 그냥 잊어 주었으면 했다. 이제 애비는 완전히 새로운 사람이 되었다. 선생님은 그걸 못 느끼시나?

"괜찮아요, 다."

애비는 대답했다.

애비는 교실로 들어온 밀라와 케이시에게 미소를 지어 보였고, 못 본 척하는 그 아이들의 반응을 보고도 놀라지 않았다. 애비는 다시 한 번 자신의 주먹에 바람을 불어 넣었다. 애비는 아직 죽지 않았다.

까불지 마라. 아빠는 종종 이렇게 말하곤 했다. 수업이 끝난 후 밀라에겐 잘 가라며 손을 흔들고 케이시에게는 "나중에 봐."

하고 외치는 애비의 귓가에 아빠의 이 말이 맴돌았다.

까불다니, 누가?

애비는 책들을 다시 가방에 쑤셔 넣었다. 다음 시간은 체육 시간이고 이번 주는 체육복을 입는 주였다. 체육관 벽에서 관람 스탠드를 끄집어낼지 여부가 궁금했다. 스탠드를 꺼낸다면 애비는 다리 밑으로 차가운 리놀륨 바닥을 느끼며 그 아래에 숨어 있을 수 있다. 그렇게 숨어 버리면, 벌거벗은 기분이 들게 하는 빌어먹을 체육복 반바지 밑 다리를 가리기 위해 자꾸만 상의 자락을 당기지 않아도 된다. 6학년 여자아이들의 다리는 대부분 이쑤시개나 가느다란 새 다리 같았지만, 애비는 그렇지 않았다. 애비의 무릎은 젤리 푸딩 같았고 허벅지는 마시멜로 같았다. 창피했다.

책상에 그늘이 드리웠다. 올려다보자 아눕이 앞에 서 있었다. 꼬챙이처럼 키가 크고 깡마른 아눕의 몸이 그림자를 만들 수 있다는 것 자체가 놀라왔다.

"너 점심 B반 맞아?"

애비는 고개를 끄덕였다.

"나랑 점심 같이 먹을래?"

애비는 아눕이 결혼을 하자고 했어도 지금보다 더 놀라지는 않았을 것 같았다.

"너 어디 앉는데?"

"내 친구 자파르랑 같이 선생님들 식탁 근처에. 그런데 오늘 자파르가 안 와서 누구 같이 먹을 사람이 있으면 했거든."

아눕은 긴장한 것처럼 보이지 않았다. 애비에게 홀딱 빠진 것 같지 않았다. 차분하고 신중한 태도로 애비를 바라보았다. 마치 몇 분이라도 대답을 기다리겠다는 듯이.

"응, 그래. 그러면 좋겠네."

애비는 대답했고 아눕은 고개를 끄덕였다.

"그래."

그래, 난 내가 원하는 것을 얻을 수 있어, 하고 생각하며 애비는 체육관으로 이어지는 복도를 터덜터덜 걸어갔다. 나는 아눕 채터지와 함께 점심을 먹을 수 있어. 좋다는 대답을 할 수 있어. 참 재미있다. 참 이상하다. 애비는 주위를 둘러보았다. 아이들이 사물함 문을 쾅 닫고, 복도 저편으로 소리를 지르고, 서로를 밀치고, 커다랗게 웃는다. 아이들은 애비에게 전혀 신경을 쓰지 않는다. 아이들은 애비의 양말 색깔이 셔츠와 잘 맞는지 검사하지도, 손으로 입을 가리고 뒤에서 수군거리지도 않는다. 그 아이들은 그 아이들의 삶을 살고, 애비는 애비의 삶을 산다.

애비가 바라는 건 그게 다였다.

6

"우리 서로 잘 모르니까, 나한테 질문 있으면 해도 돼."

각자의 도시락을 꺼내 먹기 시작했을 때 아눕이 말했다.

애비는 애피타이저 삼기로 한 초콜릿 비스킷을 한 입 베어 물었다. 가장 흥미로운 질문을 생각해 내고 싶었다.

"너 힌두교 신자야?"

"아니, 우리 가족은 힌두교 신자들이 아니라 과학자들이야. 부모님은 정말 이성적인 분들이셔. '신'이란 건 괜찮은 발상이긴 하지만 실제로 있을 법하지는 않다고 생각하시지. 그래도 우리 누나는 가톨릭 학교에 다니는데, 미사를 꽤 좋아해. 신부님이 성체에 대해 말씀하시는 걸 들으면 마음이 차분해진대. 그래도 천주교도가 되지는 않을 거야. 그런다면 우리 부모님은 의절

하시려 들걸."

"누나는 천주교도가 되고 싶어 해?"

아눕은 의아하다는 표정으로 답했다.

"당연히 아니지. 뭐 하러 되고 싶겠어?"

애비는 어깨를 으쓱했다.

"그냥, 뭐 그럴 수도 있으니까."

애비는 아눕의 도시락 가방 밖으로 살짝 삐져나온, 돌돌 만 또띠야처럼 보이는 것을 가리켰다.

"저거 뭐야?"

무례한 질문 같았지만, 애비는 궁금했다. 지금까지는 '보통 여자애들'이 가져오던, 흰 밀로 만든 식빵에 칠면조와 치즈를 끼운 샌드위치와 분홍빛 요구르트가 담긴 도시락에 익숙했다.

"도사라는 거야. 일종의 팬케이크지. 밀가루 대신 쌀이랑 렌즈콩으로 만들어. 속에 든 건 처트니라고 해. 우리 할머니가 거의 매일 이걸 싸 주셔. 다른 걸 싸 달라고 말씀드려 본 적이 있는데 거의 울 것 같은 반응을 보이시더라고. 코코넛 처트니를 넣은 도사를 정말로 사랑하셔."

그리고 아눕은 애비가 가져온 칠면조 고기 샌드위치를 가리키며 말했다.

"그건 자파르가 가져오는 도시락이랑 비슷하네. 자파르는 할머니랑 같이 살지 않거든."

 그 후로 둘은 조용했다. 좋은 종류의 조용함이었다. 애비는 긴장되지 않았다. 대화를 이어 나가야 한다는, 아눕에게 도시락 속 다른 음식에 대해서도 물어봐야 한다는 부담감이 들지 않았다. 둘이 도시락을 다 먹었을 때, 아눕은 애비에게 미소를 지어 보이고는 물었다.

 "나가서 걸을래? 운동장에 친구들 놀고 있나 보러 가든지."

 둘은 학교 울타리 근처, 바닥이 늘 질척한 운동장 끄트머리로 갔다. 갈색 피부에 까만 머리가 눈을 찌를 듯 덥수룩한 남자아이가 둘을 보더니 외쳤다.

 "아눕! 너 축구공 가져왔어? 토머스가 방금 우리 공을 차서 울타리 너머로 넘겨 버렸네!"

 아눕이 비어 있는 두 손을 들어 보였다.

 "아니, 집에 두고 왔어. 오늘 과학 클럽에 필요한 로케트 부스터를 가져오느라고 다른 건 들고 올 수가 없었어."

 그 남자아이는 유혹적인 미소를 지었다. 뭔가를 부탁하려는 미소.

 "네가 울타리 넘어 가서 우리 공 좀 찾아다 주면 안 되냐?"

 "오늘은 신발 때문에 안 돼."

 아눕은 자신이 신고 있는 부드러운 가죽 로퍼를 가리켰다.

"이 신발 찢어질 거야. 그리고 토머스, 울타리 넘는 건 규칙 위반이잖아."

"탈출하려는 것도 아닌데, 뭐. 그냥 공 찾아오는 거잖아."

그 아이는 대답했다.

애비는 그 울타리를 보았다. 애비가 할 수도 있을까? 어제였다면 '아니, 절대 못해!'라고만 생각했을 것이다. 하지만 오늘은 다를지도?

2주 전 체육 시간에 암벽 등반을 했지만, 애비는 자기 차례에서 연거푸 미끄러졌고 떨어지기 전까지 오른 높이는 겨우 1미터 정도였다. 한 번 더 시도하기는 거부했다.

"해 보자, 애비. 할 수 있어! 포기하지 마!"

클립보드를 들고 농구대 아래에 선 체육 선생님은 이렇게 외쳤다. 애비는 고개를 젓고 스탠드로 갔다. 체육 선생님이 제멋대로 프로젝트를 시작하면서 그 대상으로 자기를 점찍었다는 사실이 지긋지긋했다.

"내가 널 날씬하게 만들어 주겠어!"

체육 선생님은 학기 초에 이런 선언을 하더니, 지금까지 3주 동안 애비에게 온갖 격려와 긍정적인 피드백을 퍼부었다.

한 학년의 첫 수업을 체조 말고 다른 것으로 시작했더라면 이렇게 되지는 않았을지도 모른다. 애비는 옆으로 재주넘기를 얼마나 못하는지로 유명할 정도였다. 하는 둥 마는 둥 흉내나 내는 정도가 애비가 할 수 있는 최선이었다. 팔은 꼬챙이처럼 가느다랗고 피부는 탈지우유 같은, 긴장할 때면 이마에 실핏줄이 박동하는 코넬리아조차도 옆으로 재주넘기는 할 수 있었다.

하지만 애비는 옆으로 재주넘기도, 물구나무서기도 못했다. 도움닫기를 하다가도 결국엔 포기하고 방향을 틀었다. 그러면 체육 선생님은 "할 수 있어, 애비!" 하고 외쳤지만, 아무리 손에 탄산마그네슘 가루를 많이 묻혀도 2단 고저 평행봉에서 2초 이상 버티지 못하는 애비를 본 후엔 거의 패배를 받아들였다.

애비가 두 번째 암벽 등반 시도를 거부하자, 선생님은 스탠드로 다가와 애비 곁에 앉았다.

"넌 저 암벽을 오를 수 있어, 애비. 연습이 필요한 것뿐이야. 뭐든 연습만 하면 돼."

"전 근육이 없어요."

애비는 코가 거의 무릎에 닿을 지경으로 몸을 숙였다.

"보세요, 전 몸이 완전히 흐물흐물하다고요."

선생님은 고개를 저었다.

"넌 정말 유연해. 그리고 네가 왜 근육이 없어? 자신감이 부족한 것뿐이야."

"맞아요, 전 자신 없어요."

"자, 이거 받아."

선생님은 애비에게 클립보드를 건넸다.

"당분간 내 조수 해 볼래? 그래서 아무도 없는 쉬는 시간에 체육관 와서 연습을 좀 해 보면 좋을 것 같은데."

"알았어요."

애비는 클립보드를 받아들며 대답했다. 하지만 다음 날 애비가 체육관으로 갔을 때, 거기선 이미 남자아이들이 농구를 하고 있었고, 애비는 어차피 자신이 암벽 등반에 그렇게까지 열정이 있는 것도 아니라고 생각해 버렸다.

지금 애비는 운동장 울타리를 어떻게 오르는 것이 좋을지 머릿속으로 가늠해 보고 있다. 도움닫기를 해서 뛰어오르면 울타리 높이의 절반 이상 오른 상태에서 시작하니, 거기서 50센티미터 정도만 더 기어오르면 되겠다. 울타리 맨 위 뾰족한 부분을 피해 손을 짚을 수 있다면, 그 손으로 온몸을 지탱해 끌어올리고 건너편으로 뛰어넘을 수도 있겠다.

꼭 할 수 있는 것처럼 구네. 크리스틴의 목소리가 애비의 머릿속에 울렸다. *꼭대기까지 올려 주는 에스컬레이터가 있으면 또 모르지만 말이야.*

애비의 손, 여우가 깨문 자리가 갑자기 욱신거렸다.

"내가 해 볼게."

애비는 아눕과 토머스에게 말했다.

"할 수 있을지는 모르겠지만 어쨌든 신발은 운동화 신었어."

남자아이들(깡마르기도 하고 통통하기도 하며, 나이치고 키가 크기도 하고 작기도 하며, 피부가 창백하기도 하고 갈색이기도 한, 아눕을 포함해 총 일곱 남자아이들)이 울타리를 향해 몸을 날리는 애비를 응원했다.

이때 애비의 머릿속을 스치는 생각. 이 아이들은 내 엉덩이를 볼까? 보고 커다랗다고 생각할까?

그럴지도. 뭐, 알 수 없다. 하지만 아이들은 응원을 했고 휘파람을 불었다. 한 남자아이가 환호를 보냈다.

"잘한다, 애나벨!"

"애비거든, 멍청아!"

아눕이 쏘아붙였다.

애비의 손이 울타리 맨 위 가로대에 닿았고 뾰족한 가시가 만져졌다. 지금은 아프지 않지만 좀 더 힘을 주면 더 아파 오리란 걸 알았다. 애비는 좀 더 잡기 좋은 지점을 찾으려고 손을 옮겨 울타리를 더듬었다. 하지만 애비의 뜻과는 달리 팔이 더 버티지 못했다. 매달려 있으려 노력했지만 역부족이었다. 애비는 바닥으로 떨어졌다.

몇몇 남자아이들이 애비에게로 달려와 등을 토닥이고 괜찮으냐고 물었다.

"거의 성공할 뻔했어!"

한 아이가 외쳤고, 나머지 아이들이 맞장구를 쳤다. 맥스 오테가라는 이름을 지닌, 애비와 스쿨버스를 같이 타는 6학년 남자아이가 나섰다.

"내가 할 수 있을 것 같아. 애비 생각이 맞아. 처음에 도움닫기를 하다가 뛰어올라야 돼."

모두가 뒤로 물러나 바라보는 가운데, 맥스가 울타리를 향해 달렸고 3분의 2정도 되는 높이에 안착하더니, 어느새 울타리 너머 반대편에 가 있었다. 맥스는 명랑한 목소리로 외쳤다.

"공 어디 있어? 누구네 집 투견한테 쫓기기 전에 찾을 수 있게 도와줘."

공을 찾았고, 경기는 다시 시작되었다. 애비는 아눕 팀의 골키퍼를 맡았고 세 번의 슈팅을 막아냈다. 처음 슛은 날아오는 공에 코를 맞지 않으려고 두 손으로 얼굴을 가리다 우연히 막았지만 두 번째 슛은 실제로 공을 향해 달려들어 쳐냈다.

"방법을 터득했는데, 애비! 멋지다!"

토머스가 외쳤다.

5교시 수업을 받으러 학교 건물로 돌아가며, 아눕이 애비에게 말했다.

"자파르가 내일은 학교에 올 거지만, 원한다면 계속 점심 같이 먹어도 괜찮아. 자파르는 싫어하지 않을 거야."

애비는 청바지에서 흙을 털어내며 대답했다.

"고마워. 그렇게 하는 게 좋겠어."

아눕이 살짝 고개를 숙이며 말했다.

"내 생각에도 그래."

7

아주 작은 소리에도 여우는 소스라치게 놀랐다. 나뭇가지에 내려앉는 새들, 먹이를 숨겨 둔 장소를 찾아 잎사귀 더미 사이를 바스락대며 지나가는 다람쥐들. 뭐지? 뭐지? 뭐야? 심장이 두근거리고 머리가 쿵쾅거려 여우는 걷잡을 수 없이 불안해졌다. 거기 누구야? 무슨 일이야?

여우는 스스로에게 되뇌었다. 어딜 가든 나뭇가지 부러지는 소리나 자동차 소음기에서 나는 소리, 짝꿍과 싸우는 새소리 정도는 들리기 마련이라고. 도시든 시골이든 불쑥 어딘가에서 들려오는 소리들이 있다. 뒷마당 헛간의 양철 지붕에 도토리가 떨어질 때마다 걸음아 날 살려라 하고 도망갈 필요는 없다.

여우는 발로 바닥의 붉은 진흙을 파면서 여긴 모래가 없어, 하고 스스로에게 말하며 마음을 진정시켰다. 여기엔 군인도, 폭탄도, 모래자루를 향해 돌진하는 트럭도, 사막을 뒤흔드는 폭발도 없어.

그렇다. 여우는 지금 자신의 들판에 있다. 꽃들과 키 큰 풀들이 바람에 흔들리며 씨앗을 흩뿌린다. 새들은 나무에서 노래한다. 그리고 그 여자애. 그 아이도 이 들판의 아이다. 여우는 그 여자애가 좋았다. 붉은 갈색 머리가 늦은 오후 굴뚝새의 날개처럼 예뻐서 좋았고, 쪼그리고 앉아 부드럽게 손을 내밀었던 것도 좋았다. 여우를 누가 부드럽게 대하나? 어떤 손들은 여우를 표적으로 겨냥했고, 어떤 손들은 여우를 보고 공포에 질려 높이 올라갔지만, 그 소녀의 손은 그렇지 않았다. 지난 밤, 악몽으로 잠에서 깨어났을 때 여우는 그 여자애를 생각했고, 여우의 심장 박동은 다시 안정을 찾았다.

그 악몽. 매일 밤 꾸는 똑같은 악몽이었다. 군인들이 건물 밖에 서 있다. 여우의 눈에는 소년처럼 보이는 군인 여섯이 낄낄대며 장난을 치고, 그중 둘은 전날 밤에 본 어떤 장면을 재연하고 있다. 여우는 모래 위 태양의 향기와 사막의 선인장 꽃과 앳된 청년들의 웃음소리에 이끌려 막 그 이야기 속으로 발을 디딘 참이다. 여우가 어느 지프차의 앞자리에 앉아서 그 군인들의 이야기를 듣고 있을 때, 트럭 한 대가 입구를 부수며 돌진하더니 더

욱 속도를 올리며 모래자루 더미를 돌파한다. 어느새 여우는 공중에 뜬 채 상황을 지켜보고(몸이 화염 속을 날고!), 어느 군인도 여우와 나란히 떠올라 둘의 몸이 그렇게 함께 공중을 날다가, 어느 순간 그 군인은 보이지 않고, 여우만 아래로 끝없이 추락하고 또 추락하다 가속이 붙어, 마침내는 몸이 땅에 부딪혀 터져 버리기 직전……

여우는 언제나 땅에 부딪히기 직전에 잠에서 깨었다. 하지만 눈을 떠 지금 자신이 있는 곳은 이 들판이라는 것을 깨달아도, 눈앞에 꽃과 들풀들이 보여도, 여우에겐 여전히 그 쾅 하는 소리가 들렸다.

여긴 모래가 없어. 여우는 중얼거렸다. 그 군인은 어떻게 되었을까? 어쩌면 아직 날고 있을지도 모른다. 그것이 여우가 바랄 수 있는 최선이었다.

8

애비의 토요일 계획은 거의 하루 종일을 길 건너편 공터에서 보내는 것이었다. 언젠가 살게 될 집의 모습을 그려 보기도 하고, 이것저것 생각도 하면서. 아놉에 대해서도, 그 애가 왜 함께 점심을 먹자고 했는지에 대해서도 생각해 보고 싶었다. 또 여우가 자신을 깨문 일과, 그 일로 인해 일어났을지도 모르는 변화에 대해서도 생각해 보고 싶었다. 달라진 기분이 들었다. 비록 샤워를 하고 거울을 보았을 때, 빵 반죽 같은 배와 달덩이처럼 둥근 얼굴은 전과 조금도 달라 보이지 않았지만.

애비는 길에서 제 모습이 보이지 않도록 굵은 떡갈나무 뒤에 해변용 간이 의자를 끌어다 놓고, 생수병과 화첩, 연필, 그리고 얼린 붉은 포도를 넣어 온 아이스박스를 그 옆에 두었다. 포도를 얼려 입에 넣으면 마치 사탕을 녹여 먹는 기분이 나서 좋았다. 여우가 나타나면 애비는 포도 한 알을, 혹은 한 송이를 모두 내밀 것이다. 여우가 원하면 말이다. 포도가 이솝 우화에 나오는 것처럼 시지 않다고 여우에게 장담하면서. 애비는 자신의 여우에게 결코 신 포도를 주지 않을 것이다.

애비는 앉아서 주변의 수풀을 살펴보았다. 그 풀들을 심은 사람은 아무도 없었고 거기 들러 비료를 주는 사람은 더더욱 없었지만, 그 풀들은 거기에 존재했고 미친 듯이 자라나고 있었다. 애비에게 그 잡초들은 승리를 쟁취한 것처럼 보였다. 한때 여기에는 집이 있었지만 지금은 야생 당근, 아스클레피아스, 키 큰 풀들로 가득 덮인 4백 평의 땅이 있을 뿐이다. 그 옆을 지나갈 때마다 애비는 우리가 다 덮어 버려, 하고 속삭이는 들풀들의 목소리를 상상하곤 했다.

애비는 보랏빛 꽃잎이 다섯 장 달린 어느 잡초를 바라보았다. 왜 이것은 꽃이라고 여겨지지 않을까? 애비 엄마가 뒷마당에 자라난 이 꽃을 본다면 당장에 뽑아 버릴 것이다. 애비는 꽃모양이 좀 엉성해 보이기도 해서, 아마도 깔끔하고 정연한 생김새여야 꽃으로 쳐주는지도 모르겠다고 생각했다. 하지만 설사 그렇다 해도 그런 것을 결정할 권한이 누구에게 있는 걸까? 누가 식물들을 놓고, 너는 아름다운 정원에 어울리니까 거기 서 있고, 거기

너는 뿌리째 뽑혀서 마당 쓰레기통에 쑤셔 박혀야 해, 하고 판결을 내리는 걸까?

포도 한 알을 입 안에 넣은 애비는 이 공터에 새 주인이 생기면 잡초들을 전부 밀어 버리는 건 아닐까, 하는 생각이 들었다. 답이 너무 뻔해서 애비는 얼굴을 찌푸렸다. 애비가 이 땅을 산다면 이 풀들로 정원을 꾸밀 것이다. 이 풀들 모두에 직접 아름다운 이름을 지어 줄 것이다. 이를테면 라피주라사줄라 같은 이름. 둘레에 예쁜 울타리도 쳐 줄 것이다. 그리고 이 수풀과 한데 어우러진 집을 지을 것이다.

그렇다면 그건 어떤 집일까? 애비는 아이스박스에서 화첩을 꺼내 무릎에 놓았다. 들풀로 가득한 마당에는 나무 위에 지은 집이 잘 어울릴 것도 같지만, 여기 나무들은 모두 공터 가장자리에 서 있다. 공터를 완전히 가로지르는 나무 위에 집을 짓는 것도 가능할까? 보통 집만 한 크기로? 그 집에 전기는 어떻게 연결하지? 티브이도 보고 밤에 불도 켜야 하니까 전기는 꼭 연결하고 싶은데.

그렇다면 안 되겠다. 아무래도 땅에 가까운 집을 지어야겠다. 오두막집을 짓고 그 바닥 한가운데에 구멍을 뚫어, 집 안에서도 풀이 자라게 하면 어떨까? 애비는 실눈을 뜨고 상상해 본 다음, 그림을 그리기 시작했다.

점심을 먹은 후, 애비는 냅킨에 싼 초콜릿 칩 쿠키를 가지고 다시 공터 의자로 갔다. 《북아메리카 조류 휴대용 도감》도 들고 갔다. 여름 끝자락에 어떤 새로운 종의 새가 이 공터로 날아올지 몰라, 지금까지 세 번이나 대출을 연장했다. 머리가 빨갛고 눈은 노란, 작고 까만 새를 유심히 쳐다보고 있었을 때, 수풀 너머로 크리스틴의 목소리가 들렸다.

"우리 둘 다 문 앞에서 서서 노크를 해야지. 너만 길에 서 있으면 이상해 보일 거야."

그리고 조지아의 목소리.

"걔네 엄마가 나오면 어떡하지? 어떻게 친구인 것처럼 사근사근하게 굴어? 내가 그 아줌마 딸을 기본적으로 개똥 같다고 생각하는데."

"그냥 서 있기만 하면 돼. 말은 내가 다 할게."

크리스틴이 대답했다.

아이들이 길을 건너 집으로 향하는 소리가 들렸다. 자갈 위를 저벅거리며 걷는 소리가 들렸다. 현관 발코니 계단을 쿵쿵 오르는 소리가 들렸다. 애비는 아이들이 길 건너편을 쳐다볼 경우를 대비해 의자에서 몸을 확 낮췄다. 나무 뒤에 숨어 있긴 하지만, 크리스틴은 숨을 만한 장소를 단박에 알아채는 아이였다.

문제는, 누가 문을 여느냐 하는 것이었다. 애비의 아빠는 일을 하고 있었고 엄마는 친구와 점심을 먹으러 나갔다. 게이브가 문을 연다면, 게이브는 이층을 향해 애비를 몇 번 불러 본 뒤 대답이 없으면 크리스틴과 조지아를 향해 어깨를 으쓱해 보일 것이다. 어디에 간 것 같으냐고 물으면 게이브는 또 한 번 어깨를 으쓱하고 문을 닫을 것이다.

하지만 존이 이 아이들을 맞이한다면, 존은 분명 도우려고 들 것이다. 예전에 클라우디아가 집에 놀러 올 때면 존은 친구들과 함께 있지 않는 한, 항상 클라우디아를 친절하게 대했다. 제 친구들과 함께 있을 때면 존은 어이없다는 표정을 자주 짓고, 애비와 클라우디아를 멍청이, 꽁생원 따위로 부르거나 왜 남자 친구도 없냐는 따위의 소리를 해야 한다고 여기는 것 같았다. 하지만 혼자일 때 존은 누가 자기 방에 들어가려 하지 않는 한, 다정한 아이였다.

애비를 몇 번 불러 본 후, 존은 아마도 이런저런 생각을 내놓을 것이다. 가끔 토요일에 애비가 반 부인의 집에서 쓰레기 분리수거를 도왔던 일을 떠올리며 반 부인의 집에는 가 보았는지 물을 것이다. 혹은 (길 건너 공터를 바라보며 잠시 생각을 하다가) 저기에 가 있는 애비의 모습을 가끔 보았단 말을 할지도 모른다. 저 나무들 뒤 어디쯤에서 책을 읽고 있을지도 모른다며.

애비에게 확실한 것 한 가지는, 그 아이들이 자신을 발견해서는 안 된다는 것이었다. 단지 뒤로 미뤄 두는 일에 불과하더라도 말이다. 조만간 그들이 다시 애비를 막다른 곳에 몰아넣고 무슨 짓을 할지 정확히는 알 수 없다. 넌 죽었어, 라는 조지아의 경고가 비유에 불과하다는 건 애비도 알지만, 무리 지어 다니는 여자아이들은 자신들만의 방법으로 누군가를 죽일 수 있다. 나쁜 소문을 퍼뜨려 마치 투명인간처럼 아무도 말을 걸지 않게 만들 수도 있다. 애비는 그런 이야기를 들은 적이 있다.

애비는 재빨리 간이 의자를 접고 책과 스케치북, 연필을 아이스박스 속에 넣었다. 공터 뒤편에는 다섯 살짜리도 타고 넘을 수 있는 낮은 나무 울타리가 있었다. 애비는 의자를 울타리 기둥에 기대어 놓고(나중에 가지러 올 수도 있으니), 아이스박스는 울타리 너머에 내려놓았다. 내버려 둔 의자는 아무도 주목하지 않겠지만 박스는 수상쩍어 보일 수 있을 것 같았다.

애비는 쉽게 울타리 위로 올라 땅으로 뛰어내렸다. 아이스박스를 집어 들고 옆집 마당 끄트머리로 이어지는 나무숲 사이 구불구불한 길을 나아가며 옆집 마당에 아무도 나와 있지 않길 바랐다. 도로 가까이에 다다랐을 때 마당에 한 남자가 스프레이기를 들고 장미 덤불 근처에 있는 것이 보였지만 애비를 등진 채였다. 애비는 재빨리 길로 나갔다.

그 길은 '블루 밸리 레인'이라고 불렸다. 애비가 타는 스쿨버스는 여기서도 아이들을 태우지만, 그중에 애비가 아는 아이는 없었다. 이 길이 얼마나 길게 이어지는지도 애비는 알 수 없었다. '리지 밸리 로드'와 나란하게 난 길인지, 아니면 어느 지점에서 완전히 다른 방향으로 꺾어지는 길인지.

어쩌면 이 길은 애비가 한 번도 들어본 적 없는 어떤 흥미로운 장소로 이어질지도 모른다. 아이스크림 가게가 있는 쇼핑센터라든지, 새로운 새들을 발견할 수 있는 어느 나무 옆의 연못이라든지. 애비는 오른쪽으로 돌아 보도를 따라 걷기 시작했다.

그렇게 몇 분 정도 걸었을 때, 개 한 마리가 따라오는 것을 발견했다. 처음에 애비는 그 개에게 다정하게 말을 걸었다. 안녕, 이리 와 봐. 하지만 개는 더 가까이 다가오지 않았다. 개는 애비 뒤에서 3미터 정도 거리를 유지했다. 사냥개의 일종인 것 같았다. 긴 두 귀와 갈색 코, 어룽더룽한 검고 붉은색 무늬, 그리고 얼굴엔 주근깨가 있었다.

개는 친근하게 굴지도 않았고, 그렇다고 무관심하지도 않았다. 그저 잠자코 따라올 뿐이어서, 얼마 후 애비는 개의 존재는 잊어버리고 주위를 둘러보기 시작했다. 블루 밸리 레인의 집들은 리지 밸리 로드의 집들과 무척 비슷했다. 집 반 차고 반으로 이루어졌고 대부분이 도로 가까이에 위치해 앞마당보다는 뒷마당이 넓었다.

애비가 다시 한 번 개를 쳐다보았을 때, 애비 쪽으로 자전거를 타고 달려오는 크리스틴과 조지아의 모습이 보였다. 아직 두 블록 정도는 떨어진 거리에 있었다. 그 아이들이 본 것 같진 않았지만 애비의 무릎은 후들거리기 시작했다.

벗어나야 해. 오로지 그 생각으로 애비는 숨을 만한 수풀이나 차를 찾아 주변을 마구 두리번거렸다.

개는 침착해 보였다. 전혀 동요하는 기미 없이 잽싸게 길을 건너 어느 집 진입로 쪽으로 이동했다. 애비는 개를 따라가기로 결심했다. 어쩌면 개 주인이 문을 열고 나와 집 안에서 물이라도 한잔 마시고 가라고 권할지도 모른다. 낯선 사람의 집에는 들어가면 안 되는 것이 원칙이지만, 크리스틴과 조지아에게 잡히는 것보다는 안전할 테니까.

하지만 개는 그 집으로 들어가지 않았다. 집이 아니라 그 진입로 한쪽 끝에 있는 어느 가파른 언덕으로 애비를 이끌었다. 애비는 개를 따라 숲속을 걸었고 걸음마다 아이스박스가 다리에 쿵쿵 부딪혔다. 짙은 그늘로 들어가자 공기는 차가워졌고, 애비의 귓가에 물이 흐르는 소리가 들렸다. 그리고 50미터쯤 더 개를 따라갔을 때, 개울이 나타났다.

그리고 개울 건너편에 한 남자아이가 있었다.

9

"월러스를 어떻게 알아?"

개울 건너편에서 남자아이가 외쳤다. 물가에 무릎을 꿇은 채 막대기로 뭔가를 찌르고 있었다.

월러스? 아마도 이 개의 이름인 모양이다.

"아는 건 아니야. 그냥 얘가 날 따라다녔어. 그러다 지금은, 내가 얠 따라온 셈이네."

"착한 개야. 처음엔 개 알레르기 때문에 무서웠는데, 나 개 알레르기는 없대. 나한테 여러 가지 알레르기가 있거든."

"내 남동생도 알레르기 있는데, 알레르기 있는 사람도 같이 살 수 있는 개를 데려와서 키우고 있어."

애비는 아이스박스를 커다란 바위 옆 땅에 내려놓았다. 이젠 안전한 곳에 도착했다는 느낌, 잠시 쉬어도 되겠다는 느낌이 들었다.

"비숑 프리제?"

"아니, 코카푸. 진짜 착한 개야."

남자아이는 아아, 하고 고개를 끄덕였다.

"우리 아빠가 알레르기 자극이 적은 개들은 굉장히 비싸다던데. 700달러인가? 그 정도래."

"맞아. 비싸."

애비는 맞장구를 쳤다. 남자아이는 일어서더니 청바지에 손을 닦고 물었다.

"이 개울에 자주 와?"

"지금 처음 온 거야. 여기 개울이 있는지도 몰랐어."

"나는 항상 여기 와. 그런데 건너면 안 돼. 안전한 범위를 넘어서는 거라서. 건너가려고 하면 혼나."

남자아이의 이름은 앤더스였고, 보기보다는 나이가 많았다. 여덟 살쯤으로 보였지만 곧 열 살이 된다고 했다. 개울을 사이에 두고 몇 분 동안 애비와 마주 선 채, 앤더스는 자신에 대해 몇 가지를 이야기했다. 할머니와 홈스쿨링을 하고 있다는 것, 스타워즈 영화와 책 시리즈를 좋아하지만 클론 전쟁 종류는 하나도 좋아하지 않는다는 것.

애비는 앤더스가 이야기를 멈추길 기다렸지만, 이야기는 끊어지지 않았다. 아침 식탁에서 지난밤에 본 하키 경기 이야기를 하며 언급할 수 있는 모든 사실들을 늘어놓는 게이브가 떠올랐다.

요즘 과학 프로젝트를 진행 중이라며 척추동물들을 각각의 종으로 분류하는 일에 대해 앤더스가 막 설명하기 시작했을 때, 뒤에서 월러스가 짖기 시작했다. 무엇인가가, 혹은 누군가가 숲을 가로질러 개울 쪽으로 달려오고 있었다.

그 애들일까? 그 애들이 정말 애비를 쫓아온 걸까? 애비는 겁에 질려 개울 너머 앤더스에게 외쳤다.

"누가 날 쫓아오고 있어!"

앤더스는 커다란 원을 그리며 두 팔을 휘저었다.

"이쪽으로 건너 와! 여기 물 하나도 안 깊으니까 건너와서 도망 가!"

달려오고 있는 것이 크리스틴과 조지아가 맞는지 아닌지도 알지 못했다. 그냥 이웃집 아이일 수도 있다. 하지만 월러스가 크게 짖어 대는 걸 보면 혹시 뭔가를 아는지도 모른다는 생각에 애비는 첨벙첨벙 개울을 건너갔다.

"이제 어디로 가야 돼?"

개울가 둑을 기어오른 다음, 애비는 물었다. 앤더스는 애비의 팔을 잡았다.

"언덕 위로. 어서!"

둘은 함께 달렸다. 개울을 뒤로 한 채 검은딸기나무가 우거진 덤불을 헤치고 끝이 없는 것만 같은 바위투성이 언덕을 올라, 마침내 꼭대기에 도착했다. 수목 한계선 너머로 넓은 들판이 펼쳐져 있었다.

들판에 도착한 애비는 바닥에 털썩 드러누워 숨을 골랐다. 사람의 폐가 터질 수도 있을까? 어쨌든 자신의 폐는 지금 터지기 직전이 분명하다. 어떤 사람들은 몇 킬로미터를 달리고도 숨이 가쁘지 않는데, 왜 자신은 20미터만 달려도 마치 진공청소기가 목구멍에 대고 공기를 빨아들이기라도 하듯 숨쉬기가 힘들까 생각했다. 클라우디아도 운동을 지독히 못했지만 결승선까지 쓰러지지 않고 달릴 순 있었다. 하지만 오동통 애비는 그러지 못했다.

앤더스가 애비 곁에 앉았다.

"괜찮아?"

"그런 것 같아."

이렇게 대답은 했지만 스스로 확신하긴 어려웠다. 상체를 일으켜서 긁힌 곳이 없는지 팔을 살폈다.

"그런데 잡히지 않고 집에 가는 방법을 찾아야 돼."

"누가 쫓아오는데? 혹시 경찰한테 뭐 걸렸어?"

"아주 못된 여자애 둘한테 걸렸어. 경찰한테 걸리는 게 훨씬 나아. 진짜로."

앤더스는 잠시 생각해 보는 듯 했다.

"무슨 짓을 할 수 있는데? 그 못된 여자애들이?"

"음, 걔들은……"

애비는 말을 멈추었다. 여자아이들이 하는 끔찍한 행동들을 열 살 언저리 남자아이에게 어떻게 설명해야 할까? 너무 뚱뚱하거나 너무 마르거나 여드름이 있거나 '말도 안 되는' 청바지를 입었다는 이유로 그런 여자아이들에게 당하는 그 은밀하고도 비열한, 부모님들은 절대로 알아채지 못하는 끔찍한 일들을.

잠깐 머뭇거린 후에 애비는 대답했다.

"걔들한테 죽을 수도 있어. 단, 다른 사람들은 죽었다는 걸 몰라. 자기만 아는 거야. 마음속으로 죽은 거니까."

앤더스는 꽤 오랫동안 말이 없었다. 그 후에 한 말은 "그렇구나."가 전부였다.

월러스가 멀리에서 길게 울었다. 그쪽을 쳐다보니 들판 건너편이었다.

"어떻게 저기까지 갔지? 방금 개울로 돌아가지 않았어?"

"월러스가 좀 대단해."

앤더스는 말했다. 그리고 일어나 손을 내밀었고, 애비는 그 손을 잡았다.

"그럼 월러스를 따르는 게 좋겠네."

애비는 힘들게 일어서며 말했다. 둘은 덤불과 토끼풀 사이로 달리기 시작했고, 여전히 폐가 터질 것 같긴 했지만 애비는 멈추고 싶지 않았다.

10

애비는 가슴이 활활 타 들어가는 기분을 느끼며 계속 달렸다. 앞만 바라보며 언제 멈추나 생각하는 와중에 농장이 보였다.

농장이라니! 애비의 집 근처에 농장이 있었다고? 주위를 둘러보고 더는 집 근처가 아님을 깨달았지만, 그렇다고 해서 아주 멀리 온 것도 아니었다. 어떻게 이런 곳에 커다랗고 빨간 헛간이며 하얗게 칠한 별채며 초원과 경계를 지은 나무 울타리까지 있는, 이런 농장이 있는 것일까? 애비는 냄새를 맡았다. 방금 깎은 잔디와 거름, 그리고 동물들이 풍기는 농장 냄새였다.

"저 안에는 말이 있어. 여덟 마리."

헛간을 가리키며 앤더스가 말했다. 이제 둘은 걷고 있다.

"너 여기 살아?"

애비는 물었다.

"산다고 할 수 있지. 나랑 아빠랑 모든 일이 정리될 때까지 여기서 할머니랑 같이 지내는 거야."

애비는 무엇이 정리되어야 하느냐고 묻고 싶었지만, 자신이 아닌 땅을 바라보는 앤더스의 시선을 보니 그 이야기를 하고 싶지 않은 모양이었다.

집이 자리 잡은 곳은 들판의 반대편, 길 가까이에 자리한 떡갈나무 숲속이었다. 현관으로 올라가는 나무 계단을 밟자 삐걱거리는 소리가 났고, 미처 현관 앞에 도달하기도 전에 문이 열렸다. 나이 든 여인이 고개를 내밀었다.

"잡지 더 필요 없어요. 우린 필요한 잡지 다 있어요."

이 말만을 던지고 다시 문을 닫으려 하자, 앤더스가 외쳤다.

"할머니, 저예요. 이 누나는 애비 누나고요. 할머니가 차로 애비 누나를 집에까지 좀 데려다주세요."

"넌 왜 거기 숨어 있는데?"

앤더스 할머니는 눈을 가늘게 뜨고 앤더스 쪽을 향해 말했다.

"내가 숨긴 왜 숨어요? 할머니가 깜박하고 안경을 안 써서 그렇죠."

할머니는 헛기침을 했다. 그러고는 애비를 보았다.

"트럭 타고 가야 한다. 승용차는 앤더스 아빠가 월마트에서 뭘 좀 사러 몰고 나갔거든."

할머니는 애비를 좀 더 자세히 보려는 듯 몸을 숙였다.

"나를 뭐라고 부르고 싶으면 앤더스 할머니라고 부르면 된다. 목마르냐? 기진맥진해 보이는데. 집에 오렌지 주스가 좀 있어. 가져올 테니까 쓰러지기 전에 좀 마셔라."

애비는 지금 일어나고 있는 일들을 따라잡으려고 애쓰며 그 자리에 서서 눈을 깜빡였다. 자신은 지금 어느 농장에 있고, 누군가 자신에게 무척 빠르게 오렌지 주스 이야기를 하고 있다. 크리스틴과 조지아는 아직도 애비를 찾고 있을까? 글쎄, 그 아이들은 이제 결코 애비를 찾을 수 없을 것이다. 그렇지 않을까?

애비는 앤더스와 할머니를 따라 집으로 들어갔다. 거실엔 블라인드가 쳐져 있었지만, 어둑한 가운데 여기저기 온통 흩어진 종이들이 보였고, 벽에는 찢어낸 공책 낱장이며 지도, 차트 같은 것들이 붙어 있었다. 애비는 그 종이들에 적힌 내용을 무척이나 읽어 보고 싶었지만, 그러다가는 누군가의 프라이버시를 침해할지도 모른다고 생각했다.

부엌은 좀 더 밝았다. 커다란 창문 밖으로 방금 지나 온 들판도 보였고, 헛간 반대편과 주변 울타리도 보였다. 방 한구석 둥근 탁자 위엔 어지럽게 쌓인 종이들이 있었고 거대한 백과사전도 펼쳐져 있었는데, 애비가 좀 더 가까이 다가가서 보니 그 펼쳐진 쪽은 여우에 관한 부분이었다. 여우!

"네 과학 프로젝트에 여우도 포함되는 거야? 며칠 전에 우리 집 근처에서 여우를 한 마리 본 적 있거든."

애비의 말에 앤더스의 눈이 커졌다.

"빨간 여우?"

"그럴걸. 밝은 빨강색 같은 건 아니야. 짙은 붉은색이었어.

앤더스는 할머니를 보며 눈썹을 치켜 올렸다.

"들었어요, 할머니?"

할머니는 줄무늬 유리잔에 주스를 따르고 있었다.

"들었다. 좋은 소식이네. 앤더스 아빠 맷이 항상 하는 소리가 여우를 한번 봤으면 좋겠다는 거거든. 전에는 이 지역에 여우가 많이 있었는데 주택가가 들어서면서 몰아내 버린 셈이 됐지."

할머니는 애비에게 주스를 건넸다.

"발코니에 나가 앉자. 자기가 쓴 메모에 주스라도 흘리면 맷이 화가 나서 난리를 친단다. 지난 두 달 동안 저녁도 소파에서 먹었다니까."

발코니로 나가자 할머니는 흔들의자 두 개가 놓여 있는 쪽으로 고갯짓을 했다.

"여기 앉아라, 너희 둘. 구부정한 자세는 안 된다."

"할머니가 승마를 가르치시거든. 할머니 주위에 있을 땐 허리 꼿꼿이 펴고 배를 집어넣는 거 기억하는 게 좋을 거야."

앤더스가 말해 주었다.

"요샌 여자애들이 전부 자세가 구부정해! 배에 근육이라곤 없어요. 중심에 힘이 없다고."

할머니는 자신의 배를 두드리며 말했다.

"복부는 모든 면에서 핵심적이야. 나야 물론 인생 절반을 말 위에 앉아서 보냈으니, 오래전부터 그걸 알고 있었지. 안장에 허리를 곧게 세우고 앉는다. 그게 내 좌우명이야. 배는 힘을 줘서 집어넣는다. 그것도 내 좌우명이고."

그네 의자에 자리 잡은 할머니는, 흔들의자에 앉아 가능한 꼿꼿이 허리를 펴려고 애쓰는 애비에게 물었다.

"너 승마 할 줄 아니?"

애비는 얼굴을 붉히며 고개를 저었다. 지난 봄 클라우디아가 이사를 간 후, 애비는 크리스틴과 조지아의 마음에 들고 싶어 승마에 능숙하다고 거짓말을 했다. 할머니 농장에서 말을 타면서 자랐다고 말이다. 하지만 앤더스 할머니에게는 거짓말을 않는 편이 낫다는 것을 애비는 알았다. 할머니라면 진실인지 확인하기 위해서 애비를 말 위에 앉혀 볼지도 모른다.

"배우는 거 한번 고려해 봐라. 아, 이번 화요일에 와서 내 수업 한번 구경해 보는 건 어때? 학생들이 더 있었으면 하거든. 토요일 오전 수업도 있고. 목요일 수업은 거의 자리가 다 차긴 했지만, 그래도 부족해."

애비는 말을 타는 거라면 돈을 준대도 사양하고 싶었다. 금방 떨어져 목이 부러져 버릴 것이다! 하지만 예의바르게 굴기 위해 이렇게 대답했다.

"엄마한테 얘기해 볼게요."

"그래, 그래. 적극 찬성하실 거다, 분명히. 그건 그렇고, 봤다는 여우 얘기 좀 해 봐. 붉은 여우라고?"

애비는 고개를 끄덕였다.

"털이 붉었어요. 음, 아까 말한 것처럼 붉은 갈색이요. 몸집은 작았고요. 저를 무서워하는 것 같지는 않았어요."

여우가 자신을 물었던 건 이야기하지 않기로 했다.

"정확히 무슨 여우인지 알아보면 재미있을 텐데. 이 지역에도 시골 쪽으로 가면 한 가지 종 이상의 여우들이 있거든."

그리고 할머니는 몸을 숙여 애비를 응시했다.

"너는 루이스 클라크 탐험3에 대해서 많이 아냐? 학교에서 배운 적 있어?"

갑자기 이건 어디서 튀어나온 질문이지? 앤더스 할머니는 원래 이렇게 뜬금없나?

"티브이 다큐멘터리에 나오는 거 한 번 본 적 있어요. 엄마가 역사를 가르치셔서 역사 다큐멘터리 많이 보거든요."

할머니는 좀 더 듣고 싶은 표정이었다. 애비가 지금 바로 루이스 클라크 탐험에 대한 흥미로운 사실을 생각해 내지 못하면 실망할 것 같은 표정. 잠시 후 애비는 변변찮은 얘기를 했다.

"개를 키웠었다는 거 기억나요. 굉장히 털북숭이였어요."

할머니는 고개를 끄덕였다.

"시먼 말이구나. 재미있는 녀석이지. 우리가 지금 루이스 클라크 탐험에 대해서 조사를 하고 있거든. 아주 솔직하게 말하자면, 좀 도와주면 고맙고."

앤더스가 덧붙였다.

"우리 가족끼리 하는 프로젝트야. 나랑 아빠, 할머니."

그리고 앤더스는 할머니에게 말했다.

"제가 읽은 거 할머니한테 얘기했던가요? 루이스 클라크 탐험대가 프레리도그를 상자에 넣어서 제퍼슨 대통령한테 보냈대요. 산 채로. 그리고 그게 살아서 도착했대요."

"네 아빠한테는 얘기했냐? 듣고 싶어 할 것 같은데."

"아빠가 집에 오자마자 얘기하려고요."

할머니는 그네 의자에서 끙 소리를 내며 몸을 일으켰다.

"난 가서 차 열쇠하고 안경을 찾아야겠다. 주스 다 마셔라. 집에 맷이 없어서 아쉽네. 새로운 사람들을 만나는 게 맷한테 좋거든. 언제 또 와도 된단다. 마음이 있으면 우리 프로젝트도 조금 도와주고."

"네, 어쩌면요."

애비는 자신 없이 대답했다.

"내일 와도 돼."

앤더스는 잔뜩 기대에 찬 목소리로, 애비가 다시 방문하는 것보다 더 멋진 일은 세상에 없다는 듯 말했다.

"내가 말 보여 줄게."

애비는 앤더스에게 고개만 끄덕였다. 애비는 앤더스가 좋았고, 거실 벽에 붙은 수많은 종이에 적힌 내용도 궁금했다. 하지만 이곳에는 단순히 둘러보고서 알아차릴 수 있는 일보다 더 많은 일들이 일어나고 있다는 게 느껴졌다. 뭔가 조금 이상한 일들이. 어쩌면 조금 이상한 정도가 아닐지도 모른다. 앤더스 아빠는 왜 새로운 사람들을 만나야 하는 걸까? 왜 그토록 여유를 보고 싶어 하는 걸까? 어른이 말이다! 상자 속 프레리도그가 뭐 그리 중요한 걸까? 왜 사방에 종이들이 붙어 있는 걸까? 왜 생전 처음 보는 사람에게 가족 프로젝트를 도와 달라고 하는 걸까?

다리에 뭔가 닿는 느낌이 들어 내려다보니 월러스가 있었다. 월러스가 애비를 올려다보았다. 월러스의 눈 속에 이상한 표정이 담겨 있었다. 미안하다는 표정, 그러면서도 굳은 의지가 엿 보이는 표정. 애비가 몸을 숙여 월러스의 머리를 쓰다듬었을 때, 애비의 손가락 끝으로 찌릿 전기가 흘렀다. 월러스가 자신을 개울로 이끌었다는 사실이 생각났다. 앤더스에게로 이끌고 왔다는 사실 말이다. 어쩌면 우연이 아니었는지도 모른다.

어쩌면 애비는 이곳에 오게 되어 있었는지도 모른다.

11

집에 오니 엄마는 부엌에서 피자를 만들고 있었다. 토요일 저녁이면 애비네 가족은 항상 집에서 만든 피자를 먹었지만, 애비는 그것이 좋지만은 않았다. 피자를 정말로 좋아하는 애비는 배가 불러 한 입도 더 먹기 힘들 때까지 한 조각, 또 한 조각 계속해서 피자를 먹고 싶었지만, 괴롭게도 엄마와 아빠가 애비를 감시했다. 애비가 한 조각을 더 먹을 때마다 엄마의 눈썹은 조금씩 더 올라가고 아빠는 "우리 몫도 좀 남겨 둬라, 애비." 같은 말을 마치 농담처럼 던진다. 애비는 그게 농담이 아니라는 걸 안다.

"소시지 피자 두 판이랑 치즈 피자 한 판 만들 거야."

애비가 부엌에 들어서자 엄마는 말했다.

"그런데 소시지 피자는 동생들이랑 아빠 주자, 알았지? 너랑

나는 치즈 피자 나눠 먹고."

"나 소시지 피자 좋아한단 말이야. 왜 난 소시지 피자 먹으면 안 돼?"

애비는 불평했다.

"애비."

엄마는 애비가 억지를 부리고 있다는 투였다.

"소시지를 꼭 먹을 필요가 있어? 지방이 얼마나 많은데."

애비는 소시지를 먹을 필요가 있는지 없는지에는 관심이 없었다. 단지 먹고 싶을 뿐이다. 어째서 존과 게이브는 말랐다는 이유만으로 소시지를 먹을 수 있는 걸까? 지방이 많은 음식은 모두에게 나쁘다. 동생들이 몸에 나쁜 음식을 먹어도 된다면, 애비도 마찬가지다.

"샐러드 좀 준비해 줄래?"

엄마는 부엌 한가운데 탁자에 놓인 상추 봉지를 가리켰다.

"그리고 당근은 강판에 갈아 줘. 썰지 말고. 그러는 게 더 좋더라."

애비는 냉장고를 열어 당근과 피망을 꺼냈다. 샐러드 드레싱이 놓인 선반을 흘낏 보았다. 블루치즈 드레싱, 사우전드아일랜드 드레싱, 그리고 무지방 랜치 드레싱. 무지방 랜치 드레싱이 애비의 드레싱이었다. 맛이 꼭, 문방구에서 파는 풀에다 인공

감미료와 마늘을 넣은 것 같았다. 애비는 아무도 보지 않을 때 사우전드아일랜드 드레싱을 슬쩍 뿌릴 수 있으려나 생각해 보았다.

피자가 식탁에 차려질 무렵, 애비는 몹시 배가 고팠다. 이럴 때면 언제나 피자를 자르고 접시에 놓아 주는 일을 담당하는 아빠는, 애비의 차례가 되자 달랑 치즈 피자 한 조각만 애비의 접시 위에 올려 주었다.

"이 정도면 충분할 것 같은데, 네 생각은 어떠냐?"

애비는 치즈 피자 한 조각으로는 충분하지 않다고 생각했지만, 말하진 않았다. 아빠에게서 접시를 받아 앞에 놓았다. 적어도 아주 작은 조각은 아니라고, 애비는 스스로 위로했다. 적어도 크러스트는 좀 있는 조각이라고.

"뭐예요, 아빠? 누나 굶어 죽으라고요?"

존이 물었고, 애비는 자신을 위해 따져 준 것이 고마워 미소를 지어 보였다. 하지만 존이 일을 크게 만들지는 말았으면 했다. 자신의 식생활이 저녁 식탁의 토론 주제가 되는 건 원치 않았다.

"너는 네 접시에 있는 거나 챙겨라, 녀석아. 누나는 내가 걱정할 테니."

애비는 무릎 위 냅킨을 조그만 조각들로 찢어 놓는 데 집중했다. 내가 얼마나 먹는지를 가지고 법석 떨지 좀 마세요! 그냥 피자 좀 먹게 내버려 두시라고요! 하고 소리치고 싶었다. 하지만 애비 아빠는 그렇게 소리쳐도 괜찮은 아빠가 아니었다. 아빠에게 농담은 조금 할 수 있을지 몰라도, 결코 소리를 지를 수는 없었다.

엄마가 중재자의 목소리로 말했다.

"자, 우리 다른 얘기하자, 응? 게이브, 다음 주 식민지의 날4에 뭐 입을지 결정했어?"

게이브는 입 안 가득 피자를 우물거리면서도 대답은 곧잘 했다.

"좋은 생각이 있어. 장총. 옛날 군복 같은 걸 입고 옛날식 장총을 가져가는 거야."

그러자 존이 말했다.

"말도 안 되는 소리 하네. 학교에 누가 총을 가져오게 놔두대? 가짜 총도 안 돼."

"막대기 같은 걸로 만들어도 안 돼? 누가 봐도 가짜로 보이게 만들어도?"

"안 돼. 무기는 금지야. 퇴학당해."

엄마의 눈이 커졌다.

"2학년짜리가 퇴학? 막대기 하나 가져갔다고?"

"응, 엄마. 막대기 하나 가져가도 그래. 여차하면 퇴학이야. 가방 안에 아스피린 같은 거 넣어 갔다가 선생님이 발견하잖아?

그것도 자동 퇴학이야."

엄마는 고개를 내저었다.

"나도 게이브가 막대기 따위는 가져가지 않았으면 하지만, 그래도 그건 좀 심한 것 같다."

"내가 만든 규칙 아니야."

존은 또 소시지 피자 조각에 또 손을 뻗으며 대답했다.

애비는 자기 앞에 놓인 피자를 아주 조금 더 베어 물었다. 가능한 천천히 먹으려 노력하고 있었다. 애비는 사우전드아일랜드 드레싱 병을 주시하고 있었다. 애비의 손이 닿는 위치에 있긴 한데, 아무도 눈치 못 채게 집을 수 있을까? 아니, 집어서는 안 된다. 그랬다가는 분명 들킬 것이다. 하지만 자연스럽게, 마치 아무 일도 아닌 것처럼 슬쩍 손을 뻗으면 될지도 모른다. 그래, 그거다. 게이브에게 질문을 하나 던져서 게이브가 말을 하도록 만들고, 모두가 그 말에 귀를 기울이는 사이에 조용히 사우전드아일랜드 드레싱을 가져올 수 있을 것이다. 그리고 정말 아무 일도 아닌 것처럼 자신의 샐러드에 조금 뿌릴 수……

"애비."

애비의 작전을 중단시키는 아빠의 목소리였다.

"오늘 운동 좀 했니?"

애비는 앤더스 할머니의 말을 생각하며 배를 집어넣었다.

"좀 걸었어요. 기분이 괜찮았어요."

"걷는 거 좋지."

아빠는 말했지만, 정말로 좋다고 생각하는 것처럼 들리지 않았다.

"좀 달리는 건 어떠냐, 애비? 심장에도 굉장히 좋고, 실제로 칼로리를 소모시켜 주거든."

그러자 엄마는 고개를 젓고 가벼운 어조로 말했다.

"여보, 저녁 식탁에서 칼로리 이야기 하지 말자. 재미없어."

"아니, 애비를 좀 보라고. 누군가는 얘한테 칼로리 얘기를 해야 해."

아빠는 다시 애비를 바라보며 말했다.

"칼로리를 섭취하고, 칼로리를 소모하고. 그게 공식이야, 애비. 네가 섭취하는 칼로리보다 더 많은 칼로리를 태워야 해. 그거면 된다고."

애비는 자신의 피자를 바라보았다. 3분의1 조각이 남았고 식고 있었다. 식은 피자를 좋아하지 않는 애비는 얼른 먹어야 했지만, 갑자기 목에 멍울 같은 것이 생겨 당장은 삼킬 수 없을 것 같았다.

"아빠, 아빠도 고등학교 다닐 때 근력 운동 했어요?"

존이 물었다.

"우리 체육 선생님이 고2가 되기 전까지는 근육 키우는 운동 안 하는 게 좋다고 그래서요. 너무 일찍 시작하면 몸에 해가 될 수도 있대요."

역시 고마운 존이다. 항상 화제를 바꿔 준다.

저녁 식사가 끝난 후, 애비는 식탁을 정리하는 엄마를 도왔다. 그러는 동안에도 계속 배에 힘을 주어 집어넣으려 애썼다. 그러고 있으면 키가 커진 기분이 들어 좋았다. 배를 집어넣는 데에도 칼로리가 소모되는지 궁금했다. 그리고 항상 집어넣고 있어야 하나? 한 번씩 힘을 풀고 내밀어도 되는지 앤더스 할머니에게 물어봐야겠다고 생각했다.

남은 샐러드를 버리면서 애비는 물었다.

"엄마, 엄마 책 중에 루이스 클라크 탐험에 대한 책 있어?"

"있어, 지하실에."

엄마는 싱크대에서 애비를 유심히 바라보았다.

"학교 수업에 필요해?"

"프로젝트가 있어서. 오늘 밤부터 시작해야 할 것 같아."

행주에 손을 닦으며 엄마는 말했다.

"가서 한번 확인해 보고 올게."

신이 난 목소리였다.

"아마도 엄마한테 있는 책이 온갖 상을 휩쓸었을걸. 진짜 훌

류한 책이야."

 엄마는 지하실을 향해 계단을 내려갔다. 애비는 주위를 둘러보았다. 애비 혼자다. 아빠와 남동생들은 거실에서 티브이로 대학 미식축구 경기를 보는 중이다. 스토브 위 접시에 소시지 피자 세 조각이 있다. 애비는 살며시 종이 타월 두 장을 뜯어냈다. 조용조용 살금살금 스토브로 다가가 피자 두 조각을 종이 타월에 쌌다. 아직 따뜻했다. 소시지 냄새가 났다.

 난관은 아빠가 애비의 손에 뭔가가 들린 것을 발견하지 못하도록 거실을 몰래 지나가야 하는 부분이다. 계단으로 향하는 애비의 손에 종이 타월에 싼 뭔가가, 음식 같은 뭔가가 있다는 것을 눈치 채면, 아빠는 반드시 보자고 할 것이다.

 거실은 애비의 왼손이 보이는 쪽이니, 오른손에 피자를 들면 된다. 책 속에 넣어도 될까? 아니, 그랬다가는 여러 페이지에 기름을 잔뜩 묻히고 말 것이다. 애비는 부엌을 둘러보았다. 신문이 보였다. 종이 타월에 싼 피자를 신문지 사이에 넣고, 누가 물으면 시사 관련 숙제 때문에 오릴 것이 있어서 가져간다고 대답하면 된다.

 멋지다.

 애비는 자신의 책상에 앉아 피자를 먹었다. 커다랗게 한 입 또 한 입 베어 물자, 소시지와 치즈와 크러스트가 입안에 가득

차며 온몸이 노래를 불렀다. 왜 음식은 이렇게나 맛있을까? 애비에게는 무척이나 궁금한 일이었다. 음식이 이토록 맛있지 않다면 아무 문제가 없을 텐데. 이처럼 사랑스러운, 충만한 느낌을 음식이 아닌 다른 것에서 얻을 텐데. 거의 피자만큼이나 충만한 기분을 선사하는 책들이 있긴 했지만 대체로 애비가 읽으면 안 되는 책들이었다. 엄마가 '쓰레기'라고 부르는 유명인들의 전기나 이젠 애비의 나이에 맞지 않다고 분류되는 《주니 비 존스》[5] 시리즈 같은 책들. 그리고 과자 만드는 법에 관한 요리책들.

두 번째 피자 조각을 반쯤 먹었을 때, 엄마가 문을 두드렸다.

"애비, 책 찾았어! 제목이 《불굴의 용기》야. 엄마 들어가도 돼?"

애비는 허둥지둥 남은 피자를 신문지에 싸서 쓰레기통에 던졌다. 그리고 책상 주위에 떠도는 냄새를 킁킁 맡아 보았다. 아직 소시지 냄새가 나나?

"들어와. 그냥 숙제 하고 있어."

애비는 아무 일도 없다는 듯 말하려 애썼다. 엄마가 들어왔다.

"토요일 밤에 숙제를 하다니 진짜 착한 학생이구나, 애비. 엄만 항상 마지막 순간까지 미뤄서 일요일이면 정말 우울했는데."

엄마가 걸음을 멈추고 고개를 한쪽으로 갸우뚱했다.

"여기 이상한 냄새가 나는데. 무슨 냄새야?"

"그치, 이상하지?"

애비는 발딱 일어서며 소리쳤다.

"내 옷에 피자 냄새 완전 뱄어! 이상하지?"

"소시지 냄새야."

하고 말하며 엄마는 고개를 끄덕였다.

"피자에 소시지를 넣을 때마다 그날 밤 내내 온 집안에 소시지 냄새가 진동한다니까. 그건 그렇고, 여기 그 책."

엄마가 건네는 책을 애비는 거의 떨어뜨릴 뻔했다.

"좀 무겁네."

애비는 책을 받아 책상 위에 놓았다.

"고마워, 엄마. 재미있는 부분들이 좀 있는지 찾아보려고."

가슴이 철렁하게도, 엄마가 침대에 앉았다. 엄마가 방에 더 오래 머문다면, 신문지에 싸인 피자 냄새를 맡고 말 것이다.

"루이스 클라크 탐험 이야기는 정말로 흥미진진하지. 제퍼슨 대통령이 그 사람들을 서부로 보냈던 거잖아. 제퍼슨 대통령은 천재였어. 우리 몬티첼로로 여행 갔던 거 기억 나?"

"재미있었어. 언제 한번 다시 가."

애비는 이렇게 말했지만, 사실 기억나는 거라곤 당시의 투어 가이드가 벽 속에 설치된 침대에 대해서 설명하고 또 설명하던 것뿐이었다.

엄마는 미소 지었다.

"그래, 그러자. 몇 시간밖에 안 걸려. 그리고 이제 게이브가 미국의 식민지 시대에 대해 배우고 있기도 하니까. 어머, 그러고 보니 생각났다! 게이브가 입을 식민지 시대 의상 준비해야 돼! 존 방의 벽장 안쪽을 찾아보면 존이 전에 연극에서 입었던 뭔가가 있을 거야."

엄마는 일어나 방을 나갔다. 애비는 비틀거리며 침대로 다가가 쓰러졌다. 휴, 들킬 뻔했다! 엄마가 피자를 발견했더라면 어떤 일을 겪어야 할지, 애비는 상상할 수 있었다. 뚱뚱한 돼지로 사는 일이 어떤 것인지에 대한 아빠의 연설을 들었을 것이다. 어쩌면 엄마 아빠는 먹는 것에 관해 그저 간섭하는 정도에서 벗어나 본격적인 다이어트를 시키기로 결심할 수도, 그래서 매끼 저지방 요구르트와 포장된 칠면조 고기 슬라이스만 먹게 될 수도 있다. 그런 칠면조 고기는 정말 싫었다.

애비는 일어나 쓰레기통 속에서 피자 반 조각을 꺼냈다. 이미 식어 버렸고 소시지 위의 기름은 굳어 가고 있었다. 하지만 테두리의 빵은? 괜찮아 보였다. 애비는 빵을 뜯어 씹기 시작했다. 그리고 침대 밑으로 손을 뻗어 《주니 비 존스는 사기꾼이 아니야》를 꺼냈다. 울까, 하고도 생각했지만 그냥 계속 씹기로 했다.

12

그날 밤, 또 폭탄이 터지는 악몽에서 깨어난 여우는 들판을 지나고 길을 건너 개울로 갔다. 물고기는 없었다. 피라미도 물고기로 치면 모르지만, 여우에겐 아니었다. 피라미라니! 한때는 빨강 주황 반점이 있는 먹음직한 송어로 만찬을 즐기던 여우에겐 당치 않다.

여우는 그 옛날 대탐험 이야기 속에 있었다. 느릿한 강물을 따라 서쪽으로 흘러가던 좁은 보트 위에 여우가 있었다. 모든 것이 정말로 새로워 보였다. 심지어 하늘조차도. 마치 신이 옆방에서 부드럽게 웃는 것만 같은 바람도. 여우는 각종 물품과 담요 더미가 담긴 상자들 뒤에서 몸을 말았고, 배가 고파지면 앞발을 뻗어 물고기를 낚았다.

뻥을 참 장황하게도 치네! 이 이야기를 들려주었을 때 까마귀 녀석은 이런 반응을 보였다. 퍽이나 그랬겠다!

하지만 새들도 늘 강에서 고기를 잡는데, 여우는 왜 못한다는 건가? 여우는 모든 면에서 새보다 훨씬 똑똑한 존재인데. 그냥 앞발만 내밀면 고기가 잡혔다니까. 여우가 아무리 말해도 까마귀는 괴팍한 노인네처럼 뭐라고 지껄이며 날아가 버릴 뿐이었다.

못 믿겠다는 까악까악 소리가 귓가에 메아리로 남았어도, 어쨌든 옛날이야기는 여우의 마음을 편안하게 만들어 주었다. 끝없이 여우를 괴롭히는 그 악몽. 그 악몽에 대해서는 정말 무슨 수라도 써야 한다. 여우가 악몽을 꾼다는 소리를 들어 본 이가 있을까? 그게 말이 되나? 여우의 풀밭과 이웃한 집 쓰레기통 옆에 가게를 차린 그 바보스러운 너구리가 이를 알아채기라도 한다면? 너구리의 기분 나쁜 비웃음이 들리는 것 같다. 너구리가 웃는 소리는 언제 들어도 숨넘어가는 소리 같다. 역겹다.

개울에 다다르니 물이 차가웠고, 그 차가운 물을 마시자 마음이 진정되었다. 충분히 목을 축인 후 여우는 익숙한 냄새에 코를 들었다. 그 냄새가 바로, 이제는 여우가 이름을 아는 그 여자아이, 애비의 냄새라는 걸 알아차렸다. 둘러보니 조금 떨어진 곳에 작은 아이스박스가 있었다. 애비가 안에 들어가 있기에는 너무 작은 크기였다. 아마도 애비가 이 상자를 만지고, 들고 다니고, 어딘가로 가다가 이곳에 놓아둔 모양이다.

그날 오후 다시 여우의 들판에 들어온 그 여자아이들은 "애비, 어디 있니?" 하고 기분 나쁘도록 달콤한 목소리로 애비를 찾았다. 발정 난 너구리가 관심을 끌려고 내는 한심한 울음소리 같은 목소리였다. 여우는 그 (혈색 나쁘고 뼈만 앙상한) 여자아이들을 자신의 땅에 들이고 싶지 않았지만, 자신의 판단이 틀렸음을 증명할 기회를 한 번은 주기로 했다.

여자애들은 여우를 보자 비명을 질렀다. 혹시나 했지만 역시나. 심지어 둘 중 한 아이는 허둥지둥 뭔가 던질 것을 찾았고, 그걸 본 여우가 입술을 당겨 날카로운 앞니를 드러내자 (물론) 여자애들은 달아났다.

애비였구나. 그 여자아이의 이름은 애비이고, 이 거죽만 남은 두 너구리 소녀가 애비를 쫓고 있다. 여우는 공터 가장자리까지 따라가서, 그 아이들이 각자의 자전거에 오르며 서로에게 "걱정 마. 우린 걔 찾을 거고, 걘 후회할 거야!" 하고 말하는 모습을 보았다.

음, 그 생각은 하지 않는 게 좋겠다. 그 긴 보트, 그리고 물고기와 진흙 냄새를 물씬 풍기던 강가의 풀들을 생각하는 편이 낫겠다. 젊은이들, 야영을 하던 밤이면 모닥불을 피우고 그 주위에 둘러앉아 노래를 부르던 그들을 생각하자. 바이올린을 연주

하는 한 청년에게 다른 청년들이 곡을 신청했다. '병사의 기쁨', '보나파르트의 후퇴.' 그리고 그중 한 청년, 아주 어린 그 청년은 자꾸만 노래 소절을 놓쳤다. 하지만 그러다가도 매번 다시 따라잡았고, 그가 따라잡을 때마다 청년들은 더 크게 노래 부르고 더 크게 웃었다. 그들을 둘러싼 세상은 새로웠고 그들의 것이었다.

13

애비는 일요일에 앤더스네로 또 갈 계획은 없었다. 물론 가려고 했다, 언젠가는. 하지만 바로 다음 날 가려던 건 아니었다. 그렇게 금방, 그러니까 일요일 오후에 그 집을 다시 찾으면 애비가 루이스 클라크 프로젝트를 도와주기로 했다는 의미로 받아들여질 것 같아서, 애비는 아직 마음을 정하지 않았다. 아직 그 사람들을 잘 알지도 못하니까.

일요일 아침, 애비는 침대에 누워 《불굴의 용기》를 펼치고 루이스 클라크 원정대 이야기를 읽기 시작했다. 백만 가지 사실들과 딱딱한 문장들로 가득한 이 책은 애비가 즐겨 읽는 종류의 책은 아니었지만, 내용을 획획 건너뛰며 읽어 나가다 보면 수많은 날짜와 무게, 각종 조약 사이에 재미있는 부분들이 숨어 있었다. 좀 덜 숙제 같고 좀 더 이야기 같은 부분들. 계속 읽다 보면 여자 인디언 새커저위아6 이야기가 등장한다는 걸 애비는 알고 있었지만, 그래도 여자들이 좀 더 많이 나왔으면 좋겠다고 생각했다.

계속 조용히 책을 읽을지, 아니면 옷을 입고 부엌에 가서 엄마가 아침식사로 프렌치토스트를 만드는지 아닌지를 볼지(가서 "그냥 빵이랑 계란으로 만드는 거잖아, 엄마. 빵하고 계란이면 칼로리 거의 없어."라고 졸라 볼지) 결정하려던 때, 조지 섀넌 이야기가 등장했다. 처음 애비의 관심을 끈 부분은 당시 조지 섀넌이 고작 열여덟 살이었다는 점이다. 애비가 좋아하는 어느 배우도 열여덟 살이라, 튀어나온 광대뼈에 갈색 머리카락은 부스스하며 게슴츠레한 눈으로 사람들을 쳐다보는 그 배우의 모습으로 조지 섀넌을 상상했다. 그렇게 상상하니 계속 읽고 싶어졌고, 그러다 보니 조지 섀넌이 루이스 클라크 탐험에서 두 번이나 길을 잃었지만(그중 한 번은 16일 동안 음식도 물도 먹지 못했지만) 두 번 다 혼자서 길을 찾아 합류했다는 놀라운 사실을 알게 되었다.

조지 섀넌에 대해 다 읽은 후, 애비는 생각했다. 이런 게 바로 재미있는 이야기지.

아침을 먹은 후 신발을 신고 윗옷을 걸친 애비는, 길을 건너 자신의 공터로 가서 새로운 새들이 찾아왔는지 둘러보았다. 애비가 울타리를 넘어 개울에 도착했을 때, 거기서 월러스가 애비를 기다리고 있었다.

애비가 놀란 점은, 자신이 전혀 놀라지 않았다는 점이다.

농장에 도착했을 때, 현관 발코니엔 앤더스가 앉아 있었다. 앤더스는 일어나며 말했다.

"집에 우리 아빠 있어! 내가 누나 얘기 많이 했어. 아빠가 누나 만난다고 되게 좋아하고 있어!"

"내가 오는 줄 어떻게 알았어?"

애비는 물었다.

"그냥 알았어."

앤더스는 어깨를 으쓱했다.

"아빠! 애비 누나 왔어요!"

앤더스 아빠는 부엌의 둥근 탁자에 앉아서 종이에 뭔가를 쓰고 있었다. 그는 부엌에 들어선 애비를 올려다보았고, 애비는 무척이나 잘생긴 그의 얼굴과 잔뜩 겁에 질려 보이는 표정에 놀라 한 걸음 물러섰다. 눈에는 다크서클이 드리워 있고 며칠 동안 깎지 않았는지 수염이 자라 있었다. 머리카락과 눈동자는 까마귀의 날개처럼 까맸다.

"애비 누나야. 우리가 얘기했던."

그의 얼굴에 안도감이 비치더니 곧 미소가 피어났다.

"월러스가 데리고 왔구나."

"그런 셈이에요."

애비는 이렇게 대답해 놓고는, 그 대답이 멍청하게 들리진 않을지 걱정을 했다. 갑자기 애비는 벙벙한 기분이 들어 말문이 막혀 버렸다. 앤더스 아빠는 정말 미남이다!

"월러스가 어제 절 개울로 이끌고 왔어요. 거기서 앤더스를 만났고요."

"난 개울 이쪽 편에 있었어, 아빠. 안 건넜으니까 걱정 마."

"월러스는 내 개야. 아니, 내 개였지. 이젠 우리 어머니 개에 가깝고. 고등학교 졸업한 직후부터 키우기 시작해서, 내가 추적하는 법도 가르쳤어. 그 누구보다도 이 주변 숲을 잘 아는 녀석이야."

그리고 갑자기, 아무런 경고도 없이 주먹으로 탁자를 쾅 치더니 숨이 가쁜 목소리로 말했다.

"적어야 돼. 적어야 돼."

앤더스는 애비의 팔을 톡톡 두드렸다.

"우리, 할머니한테 가 볼까? 아빠, 필요하면 부르세요."

애비는 발코니를 향해 복도를 걸어가며 속삭였다.

"너희 아빠 진짜 잘생기셨어. 엄청."

"예전엔 훨씬 더 잘생겼었어. 이라크 가기 전에. 이라크에서 아빠가 좀 많이 지쳐 버렸어."

앤더스 할머니는 발코니의 그네 의자에 앉아 《승마 강사》라는 제목의 소식지를 읽고 있었다.

"순 멍청이들이 썼네."

할머니는 이 말로 인사를 대신했다.

"말 다루는 기술하고 꼬리 땋기에 대한 내용밖에 없구나. 완전히 시간 낭비다."

할머니는 소식지를 바닥에 탁 던져 버리곤 애비를 보았다.

"또 하루 무사히 살아남았구나. 네가 겪고 있다는 문제에 대해서 앤더스한테 들었다. 여자애들이 좀 독할 수 있지. 그래도 넌 무사할 거다."

"지금은 괜찮아요. 무사해요."

애비는 이렇게 말하며 흔들의자에 앉았다. 애비는 할머니의 얼굴에 아들과 닮은 곳이 있는지 관찰했다. 짙은 갈색 눈동자와 턱에 난 작은 보조개는 똑같았지만, 코가 더 뾰족하고 입술은 더 가늘어서 전체적으로 앤더스 아빠보다는 날카로운 생김새였다. 이마에 깊게 패인 걱정 주름을 발견한 애비는, 걱정하는 성격이 아닐 것 같은 할머니에게도 그런 게 있다니 흥미롭다고 생각했다. 애비 눈에 비친 앤더스 할머니는 마치, 앞으로 닥쳐올 어떤 문제도 해결할 사람처럼 항상 자기 확신에 차 보였으니 말이다. 하지만 그때 앤더스 아빠, 아까 부엌에서 마주했던 그의 두려움에 찬 얼굴이 떠올랐고, 어쩌면 할머니에게도 손쓸 수 없는 문제들이 있는 모양이라고 애비는 생각했다.

"할머니, 아빠한테 약 먹으라고 했어요? 지금 좀 예민해요."

할머니는 속상해하는 듯 보였다.

"먹으라고 했지. 그래도 내가 목구멍에까지 밀어 넣어 줄 수야 있냐?"

"아빠는 약 꼭 먹어야 해요! 아빠를 어린애라고 생각하고 약을 먹여야 한단 말이에요. 땅콩버터를 한 숟가락 떠다가 그 속에 숨겨서라도요."

앤더스는 고개를 절레절레 흔들었다.

"할머니는 꼭 아빠가 자기 몸을 잘 챙기기라도 하는 것처럼 그러는데, 아빠는 안 챙기잖아요."

그러고는 애비에게 설명해 주었다.

"우리 아빠한테 몇 가지 문제가 좀 있는데, 그중에서 제일 큰 문제는 더 살고 싶어 하지를 않는다는 거야."

앤더스 할머니는 얼굴을 찌푸리며 목에서 이상한 소리를 냈다. 애비가 악몽을 꾸다 스스로 정신을 차릴 때 내는 소리와 비슷했다. 앤더스는 할머니를 힐끗 보며 말을 이었다.

"우리 역할은 아빠가 어리석은 행동을 못하게 막는 거야. 아빠를 살아 있게 하는 거라고."

할 말이 전혀 떠오르지 않은 애비는 잠시 동안 말없이 흔들의자만 앞뒤로 움직였다. 그러다 해도 되는 질문이길 바라며 이렇게 물었다.

"너희 엄마는 어디 계셔?"

"버지니아 스프링필드. 거기서 이모랑 같이 살아."

앤더스의 목소리에선 아무런 감정도 느껴지지 않았다. 할머니가 덧붙였다.

"앤더스 부모는 같이 안 살아. 얘기가 좀 복잡하다."

"안 복잡해요."

앤더스는 좀 동요한 듯 자리에서 꿈틀거렸다.

"아빠가 이라크에 두 번 파병되는 동안 나랑 엄마는 둘이 버지니아에서 지냈는데, 아빠가 돌아온 다음에 엄마는 전쟁이 아빠를 너무 많이 바꿔 놓았다고, 더는 아빠와 살고 싶지 않다고 했어."

"음……그래, 그랬지. 그래도 네 엄마는 아직 젊고, 네 엄마도…… (여기서 할머니는 모호한 태도로 손사래를 쳤다.) 상황이 이렇게 될 줄은 몰랐다고 생각해야 하지 않겠니?"

할머니가 한쪽에 치우치지 않으려 애쓰는 것을 애비는 느낄 수 있었다.

"기쁜 일이 있든 궂은 일이 있든 함께해야 하는 거예요. 그게 결혼할 때 하는 약속이잖아요."

할머니는 앤더스 말에 멍하니 고개를 끄덕였다.

"그렇기야 하겠지."

"루이스 클라크 탐험대가 120종이 넘는 포유동물을 발견했다는 사실 아셨어요? 엄마한테 받은 책 읽어 보고 있거든요."

침묵이 불편하게 길어지면서 마치 자신이 듣지 말아야 할 가족 간의 대화에 낀 것처럼 어색한 기분이 느껴지기 시작했을 때, 애비는 물었다. 할머니는 고개로 부엌 쪽을 가리켰다.

"맷이 안에서 쓰고 있는 게 그 내용이야. 루이스 클라크 탐험에서 발견한 모든 동물 표본들. 그 모든 걸 묘사하면서 목록을 작성하고 있어. 맷은 그걸 '시'라고 하지. 벽에 온통 붙어 있는 것도 전부 그 내용이야. 맷이 메모한 거, 맷이 그린 차트. 내가 그 탐험에 대한 책을 읽다가 얘기해 준 후로 관심을 가지더구나."

"아빠는 계속 '그건 발견되지 않았던 세상이야. 모든 게 새로웠어.' 하고 말해. 혹시 그 시를 다 쓰면 자기가 괜찮아질지도 모른다고 했어. 그래서 우리가 다 같이 그걸 돕는 거야."

할머니는 그네 의자에서 끙 하고 일어섰다.

"뭔가에 집중을 한다는 것 자체가 좋은 거니까. 나는 가서 약

먹이고 오마."

방충망 달린 문이 쾅 하고 닫혔다. 앤더스는 애비를 보곤 고개를 흔들었다.

"계속 그 프레리도그 생각이 나. 살아서 도착했다는 게 믿기지가 않아."

그리고 이렇게 덧붙였다.

"희망을 준다는 기분까지 들어."

할머니가 돌아와서 애비에게 종이 한 장을 건네주었다.

"우리가 조사해야 되는 동물들 목록 중 일부다. 이거 가지고 있어 봐라. 시간이 나면 몇 가지 찾아보고."

애비는 목록을 읽은 후 할머니에게 물었다.

"정말 제가 도와드리길 바라세요? 제가 이런 걸 잘할지 잘 못할지도 모르시잖아요."

"모르긴 왜 몰라. 어젯밤에 집에 가서 바로 책 찾아봤다면서? 호기심이 있다는 거잖아. 그리고 책이랑 친하고. 그리고 (여기서 할머니는 말을 멈추고 애비의 눈을 똑바로 바라보았다.) 이렇게 다시 왔잖아."

"제가 다시 올 거라고 했잖아요. 그럴 줄 알았다니까요."

앤더스가 말했다.

"사실, 우리는 네가 필요하단다. 지금은 앤더스하고 나 둘뿐이거든. 물론 맷도 있지만, 맷은 좋은 날도 있고 나쁜 날도 있어서 항상 집중을 하지는 못해."

애비는 물었다.

"병원에서 도움을 받을 방법은 없대요? 맷 아저씨 상태 말이에요."

할머니는 대답했다.

"지금도 도움을 받고 있어. 재향군인병원에 입원시키려고 노력 중인데, 예산이 줄어들어서 자리가 부족해."

앤더스는 말했다.

"누나가 도와준다면 우리한테는 정말 고마운 일이야. 무슨 도움이든지 말이야."

애비는 그렇게 하기로 했다.

화요일, 아뇹은 자신이 가져온 도사 하나를 애비에게 주고 자파르는 자신의 치킨 샐러드 샌드위치 절반을 애비에게 주었다. 애비의 점심 도시락이 사라졌고, 애비는 크리스틴이 한 일이라 확신했지만, 어떻게 한 짓인지 알 수 없었다. 그날 아침 학교에 와서 도시락을 사물함에 넣은 걸 분명히 기억했고, 자신 말고는 사물함 비밀번호를 아는 사람이 없었다.

"네가 친구한테 알려줘 놓곤 그 사실을 잊어버린 거 아닐까?"

자파르는 물었다.

"하지만 설사 그랬다고 해도, 친구가 왜 애비 도시락을 가져가겠어?"

아눕은 반박했다. 자파르는 잠시 생각했다.

"배가 고팠던 거지. 아니면 약을 먹어야 했다든가. 나도 알레르기 약 먹을 때, 뭔가 먼저 먹어야지 안 그러면 어지럽거든."

"그러면 자기 도시락을 왜 안 먹고?"

아눕은 물었다.

"자기 사물함은 건물 반대편에 있었겠지."

"그랬다면, 애비 친구는 먼저 자기가 그랬다는 얘길 하고 애비한테 점심을 사 주겠다고 했어야지. 그런 친구는 친구 같지가 않은데."

아눕과 자파르가 탁자 맞은편에서 논쟁을 하는 동안, 애비는 마치 자신의 공책에 그린 새들 옆에 둘을 그려 넣기라도 할 것처럼 모습을 관찰했다. 아눕은 깔끔했다. 검은 머리는 옆 가르마를 타서 흰 두피가 가느다란 줄을 그리고 있었다. 흰 셔츠는 옷깃까지 단추가 잠겨 있었고, 소매는 아래 팔뚝 가운데까지 오도록 두 번 접혀 있었다. 손톱은 무척 깨끗했고 자세는 인상적일 만큼 곧았다. 아눕이 새라면, 검은빛으로 번쩍이는 커다란 까마귀일 것이다.

자파르는 애비의 막내 동생 게이브를 떠올리게 했다. 덥수룩한 머리에 한쪽 입술이 슬쩍 처지는 미소를 짓곤 했고, 입고 있는 애틀란타 브레이브즈 야구팀 티셔츠에는 음식을 먹다 흘린 얼룩이 있었다. 금요일 점심시간, 처음 만난 애비를 보고 그는 외쳤다.

"이야, 좋은데! 드디어 내 농담을 듣고도 할머니 같은 표정 짓지 않을 사람이 등장했어!"

　자파르는 아마도 벌새, 늘 행복한 벌새일 거라고 애비는 생각했다.

　이 아이들과 앉아 있는 것이 얼마나 편안한지, 애비는 놀라웠다. 우선은 '적절한' 말을 찾으려고 항상 고민하지 않아도 되었다. 여자아이들과 있을 때는 조심해야 한다. 무언가 '적절하지 않은' 말을 하면 거기에 연쇄 반응을 일으켜, 나를 제외한 모두가 정글짐 주변에 모여 평소보다 더 크게 웃고 떠들면서 얼마나 즐거운지를 과시하고, 결국 나는 홀로 앉아 있게 될지도 모른다. 아눕은 좀 발끈하는 성격이기는 했지만 결코 심술궂진 않았고, 자파르는 사람들과 함께한다는 이유로 행복하기만 한 강아지 같았다.

　남자아이들이랑은 항상 이런가? 그냥 아무 이야기나 하나? 애비는 도사를 베어 물며 생각했다.

애비는 아눕이나 자파르와 친구가 된 것만큼이나 금방 친구가 될 수 있는 여자아이들이 있을까, 생각하며 식당을 둘러보았다. 역시 클라우디아는 정말로 좋은 친구였다. 크리스틴과 조지아와는 전혀 다른.

5학년 때, 클라우디아가 전학을 간 다음 날을 애비는 아직 기억했다. 스쿨버스에 오른 애비는, 같이 앉을 만한 혼자 있는 아이를 한 명도 찾지 못했다. 울퉁불퉁한 길을 따라 흔들리는 버스 안에서 애비는, 클라우디아 없이 자신의 남은 인생이 얼마나 외로울까를 생각했다. 친구 하나 없이. 쪽지를 교환하거나 서로의 집에서 잘 수 있는 사람 없이. 신발 상자 아파트를 함께 만들 사람 없이.

지금, 식당을 둘러보던 애비의 시야에 혼자 앉아 공책에 뭔가를 쓰고 있는 말리스 배리가 들어왔다. (딱하게도 철자만으로는 아무도 정확한 발음을 몰라서 말리스는 학년 초마다 발음을 설명하는데, 그래도 선생님들은 계속 까먹는다.) 클라우디아가 전학을 간 며칠 후 말리스가 애비에게 점심을 같이 먹자고 했고 애비는 그럴 생각이었지만, 둘의 대화를 들은 크리스틴이 이를 막은 일이 생각나 애비는 찌릿한 아픔을 느꼈다.

"너 쟤랑 점심 같이 안 먹는 게 좋아."

크리스틴은 애비의 팔을 꼭, 조금은 움켜쥐듯이 잡고서 속삭였다.

"그러지 말고 나랑 같이 먹어. 그리고 집에 갈 때 나랑 같이 안 앉을래?"

애비에게 크리스틴의 이 말은 도무지 거절하기 어려운 제안이었다. 크리스틴은 애비네 집 가까이에 살았지만, 둘이 친구였던 적은 없었다. 크리스틴에겐 날카로운 면들이 너무 많아, 애비는 그 곁에서 편안함을 느낄 수 없을 것 같았다. 항상 누군가에게 몸을 숙이고 다른 누군가를 쏘아보며 귓속말을 하는 아이였다. 학교에서는 그다지 주목받는 아이가 아니었지만, 동네에서 크리스틴은 힘이 있었고 피하는 것이 최선이었다.

하지만 애비는 크리스틴이 자신을 생각해 준다는 기분이 들어 우쭐했다. 그래서 말리스에게는 크리스틴과 함께 점심 먹기로 한 약속을 깜박했다고 말하고, 다음에 같이 먹자고 말했다. 말리스는 그러자고 했지만, 다시는 애써 애비에게 친근하게 다가오지 않았다.

물론 지금 애비는 같이 점심 먹을 사람을 잘못 골랐다는 걸 안다. 그날 말리스와 함께 점심을 먹었더라면 어떻게 되었을까? 둘은 서로가 마음에 들었을까? 애비는 말리스가 컴퓨터실에서 시간을 보내는 모습을 자주 보았다. 어쩌면 말리스는 롤플레잉 게임이나 애니메이션을 만드는 데 엄청나게 열심인 존의 친구

트래비스처럼 컴퓨터에만 빠져 사는 아이인지도 모른다. 애비는 컴퓨터 앞에서 대부분의 시간을 보내는 아이를 단짝으로 삼고 싶진 않았다. 금방 지루해질 것이다.

그래도 말리스라면 컴퓨터로 자료를 조사하는 일에 선수일지도 모른다고 생각하며, 애비는 자파르의 도시락에서 포도 한 줌을 집었다. 애비는 자료 조사에 젬병이었다. 숙제 때문에 자료 조사를 해야 할 때면 수많은 검색 결과 속에서 쩔쩔맸다. 그 많은 정보 중 뭐가 중요한지 어떻게 안단 말이지? 애비는 자료 조사가 한마디로 싫었다. 사실보다는 이야기를 좋아하는 애비인데, 자료 조사는 온통 사실만을 다루는 일이다.

그러면서 왜, 도대체 왜 앤더스 할머니에게 가족 프로젝트를 돕겠다고 말해 버렸을까? 애비는 짜증스러운 기분으로 포도 한 알을 씹어 먹으며, 자신이 어쩌다 이 일에 휘말렸으며 빠져나갈 길이 있기는 한지 곰곰이 생각했다.

점심시간이 끝나기 15분 전, 정말로 하기 싫었지만 애비는 얼른 자료 조사를 시작하는 게 좋겠다고 생각했다. 컴퓨터실로 가자 이미 말리스가 와 있었다. 놀랍게도 입구에 들어선 애비를 보더니 말리스는 이리 오라고 손짓을 했다.

"네 도시락 조지아가 가져갔어. 혹시 궁금할까 봐 말해 주는 거야."

말리스는 작은 목소리로 말을 이었다.

"미술 시간에 그 얘기 하는 거 들었어. 어젯밤에 너희 엄마한테 전화해서 네 사물함 비밀번호를 알아냈대. 너한테 깜짝 선물 같은 걸 준다고 거짓말해서 말이야. 네 도시락은 교무실 근처에 있는 여자 화장실에다 버렸대."

애비는 통로를 사이에 두고 말리스의 맞은편 책상에 앉았다. 조지아는 왜 이토록 애비를 미워하는 걸까? 더는 보통 소녀들과 점심을 먹지 않아서? 그건 좋아할 일 아닌가? 애비를 더는 보지 않아도 되니까.

"그다지 놀랍지는 않네."

애비는 옆에 있는 의자에 가방을 내려놓으며 말했다.

"그래, 그런 것 같다."

말리스가 맞장구치곤 다시 모니터로 향했.

컴퓨터에 자신의 비밀번호를 쳐 넣은 애비는 학교 홈페이지가 뜨기를 기다리는 동안 말리스를 슬쩍 훔쳐보았다. 말리스가 다른 사람들의 대화를 엿듣기도 한다는 사실이 의외였다. 우선 말리스는 다른 사람들에게 그다지 관심이 없는 아이라 생각했었다. 그러고 보니 지금까지 애비의 눈에 비친 말리스는 항상 혼자 있는 모습이었다. 여기서 컴퓨터 자판을 두드리고 있거나 식당에서 공책에 뭔가를 기록하는 모습. 그때 무얼 기록했을까? 사람들이 하는 말? 혹시 얘, 스파이 아니야?

애비는 혼자 고개를 끄덕끄덕했다. 말리스라면 스파이에 딱이라고 생각하며. 조용한 사람들이 집중력은 최고다. 그리고 훌륭한 스파이는 자료 조사에 능할 것이다. 아아, 그날 말리스와 함께 점심을 먹었어야 했다! 그랬다면 둘은 친구가 되었을 테고, 지금쯤 말리스는 애비를 도와 숱많은꼬리숲쥐에 관한 정보를 수집하는 가장 좋은 방법을 궁리하고 있을지도 모른다.

애비는 한숨을 쉬었다. 그리고 '숱많은꼬리숲쥐'를 검색창에 입력했다. 모니터에 뜬 것은 15,904개의 결과. 멋지다, 멋져. 애비는 손으로 앞머리를 헤집었다. 이 조사를 다 하려면 백만 년쯤 걸릴 것이다. 앤더스네 가족에게 결국 아무런 도움도 되지 못하리라.

14

그날 오후 버스를 타고 집으로 돌아오며, 애비는 지난 일요일 앤더스네 할머니에게서 받은 목록을 펼쳐 다시 읽어 보기 시작했다. 숱많은꼬리숲쥐, 뮬사슴, 가지뿔영양, 흰꼬리산토끼, 얼룩다람쥐……

의자에 기대앉으며 애비는 이 동물들의 생김새를 상상해 보았다. 가지뿔영양이란 도대체 어떤 동물일까? 머리에 전기 플러그가 돋아난 사슴을 상상해 보았다. 하지만 루이스와 클라크가 전기 기구를 생각하며 이름을 짓진 않았을 것이다. 1804년엔 전기 기구가 있지도 않았으니. 그렇다면 가지 친 뿔이 달린 말?

애비는 지난 일요일 앤더스가 구경시켜 준 마구간에서 만난 말들을 생각했다. 모두 여덟 마리 중 세 마리만 앤더스 가족 소유의 말이었고, 나머지는 그냥 맡아 주고 있는 다른 사람들의 말이었다. 두 마리는 새까맸고, 한 마리는 마치 가을 낙엽처럼 아름다운 황금빛 갈색이었다. 마구간 안을 거니는 동안 모든 말들이 각자의 울타리 문 너머로 코를 내밀고 앤더스와 애비를 향해 힝힝 울음소리를 냈다.

말은 정말로 덩치가 거대한 동물이었다. 이런 동물 위에 사람이 앉을 수 있다니. 스쿨버스 지붕 위에 앉아 달리는 것 같겠지.

애비는 말들 머리에서 가지 같은 것이 자라나면 정말 웃기겠다는 생각에 혼자 키득거렸다. 애비는 앤더스 할머니의 4시 승마 수업에 갈지 말지 아직 결정하지 못했다. 그 거대한 말들의 모습을 떠올릴 때 느껴지는 긴장감은, 말들의 머리에 가지가 달린 우스운 상상으로도 떨쳐 버릴 수 없었다.

갔는데 할머니가 말을 타 보라고 하면 어떡한단 말인가? 다른 학생들 앞에서 "괜찮아요, 오늘 말고 다음에 탈게요." 하고 말하면 바보가 된 기분이 들 것이다. 학생들은 애비를 보며, '어차피 말에 오르기에는 너무 뚱뚱한데 뭐.' 하고 생각할지도 모른다.

가서 구경만 해도 돼. 말 가까이에는 가지도 않으면 되지 뭐. 애비는 생각했다.

애비는 말이 꼬리로 파리를 쫓을 때 나던 소리를 생각했다.

마치 오두막집을 빗자루로 청소할 때 나는 소리 같았다. 일곱 난쟁이가 퇴근해 돌아오기 전에 그 작은 집을 깔끔하게 청소해 두려는 백설공주의 빗자루에서 나는 소리. 쉭쉭. 애비가 들어 본 가장 듣기 좋은 소리 중 하나였다.

구경만 하면 된다. 할머니가 애비를 발견하지 못할 위치에서 구경만 하면 된다.

앤더스네 농장에 도착하니, 승마장에서는 학생 여섯이 말을 타고 있었다. 모두가 딱딱한 검은 모자를 썼고, 그중 다섯은 크림색의 승마 바지에 긴 가죽 승마 부츠를 신었다. 나머지 한 명은 청바지에 운동화 차림으로 애비가 무척이나 아름답다고 생각하는, 황금빛이 도는 갈색 말을 타고 있었다.

"쟤는 루이스야."

이 정도면 말을 타 보라는 제안을 받지 않겠지 싶을 만큼 떨어진 마구간 구석 자리에 서 있던 애비에게, 월러스와 함께 다가온 앤더스가 알려 주었다.

"할머니 학생들 중에서 제일 말을 잘 타는데, 말도 없고 장비를 구할 형편도 안돼. 그래서 할머니가 마구간 청소를 해 주면 러커스를 언제든지 탈 수 있는 걸로 해 줬어."

"와, 너희 할머니 마음이 정말 좋으시네."

"뭐, 양쪽에게 윈윈이지."

어깨를 으쓱하며 이렇게 말하는 앤더스를 보고, 애비는 웃음이 픗 나오려는 것을 참았다. 앤더스가 쓰는 말은 어딘가 애비를 웃음 터지게 하는 구석이 있었지만, 게이브처럼 남이 자신을 향해 웃어도 신경 쓰지 않는 성격은 아니라는 걸 애비는 느낄 수 있었다. 어쩌면 아빠 일에 관해서라면 늘 어른스럽게 행동해야 하는 앤더스여서, 일부러 어른 같은 말투를 쓰려 하는지도 모른다. 이런 생각이 들자 웃음이 싹 달아났다.

"너도 말 타?"

애비는 말들에 둘러싸여 사는 게 어떤 건지 궁금해서 물었다. 매일같이 말을 보다 보면 그 위에 올라타는 게 그리 무섭지 않게 느껴질지도 모른다고 생각하며.

"아니, 안 타. 음, 예전엔 탔어. 여름에 여기 놀러올 때면. 그런데 지금은 아빠가……."

앤더스는 마치 더는 설명하기 민망한 듯 말을 잠시 멈췄다.

"아빠가 걱정을 하거든. 내가 말에서 떨어질지도 모른다는 걱정. 아니면 말에게 밟힐지도 모른다는. 말도 안돼! 나 벌써 말 탈 줄 알거든. 한 번도 떨어진 적 없어. 일곱 살 때도 안 떨어졌다고! 할머니가 엄청 속상해해. 아빠가 오만 것들을 걱정해서. 오만 것들을 무서워하고. 전엔 안 그랬는데, 지금 아빠는 무서워하는 게 굉장히 많아. 바닥에 실수로 책 한 권 떨어뜨리잖아. 그러면 아빠는 펄쩍 뛰어오를 만큼 놀라."

"우리 엄마도 걱정이 많은 성격이야."

애비는 말했다.

"뭐, 너희 아빠하고 비교할 정도는 아니지만, 사람들이 기분이 안 좋거나 서로에게 화가 나 있을까 봐 항상 걱정해. 늘 상황을 원만하게 만들려고 노력하고. 누가 큰소리 내는 것도 싫어해. 그러면 엄마는 엄청 긴장하거든."

앤더스는 고개를 끄덕였다.

"아빠도 누가 큰소리 내는 거 싫어해. 그러면서 아빠 자신은 항상 큰소리를 내. 대체로 밤에, 꿈꾸다가. 가끔 낮에도 소릴 지르기는 하지만. 똑같은 일도 아빠한텐 더 크게 다가가는 거지."

애비는 앤더스네 집을 흘끗 보았다. 앤더스 아빠가 어디에 있을까 궁금했다. 그를 혼자 두어도 괜찮은 걸까? 만나고 싶다는 생각도 들었지만 (기억대로 정말 잘생겼는지도 보고 싶고) 동시에 만나고 싶지 않다는 생각도 들었다. 갑자기 밖으로 나와 앤더스와 애비에게 소리를 지르면 어떡하지? 총을 들고 있으면? 군인이었으니 총이 있을지도 모른다. 갑자기 애비는 몸이 부들부들 떨렸다. 내가 여기서 뭘 하고 있는 거지? 안전한 곳이 아닐지도 모르는데.

애비는 앤더스를 보았다. 앤더스 아빠가 위험한 사람이라면 애초에 앤더스와 같은 집에서 살게 놔두지도 않았을 것이다.

"배에 힘 줘!"

할머니가 소리쳤고, 배에 힘을 주던 애비는 할머니가 자신이 아니라 학생들에게 한 소리라는 것을 깨달았다. 앤더스는 말했다.

"가자. 손님들이 직접 열매를 따 가는 밭 보여 줄게. 딸기밭도 있고 블루베리 나무 덤불도 있어. 5월에 딸기가 열리면 하루에 수백 명씩도 와. 아, 그리고 벌집이 어디 있는지도 보여 줄게. 농장 반대쪽 끝에 있어. 말이랑 멀리 떨어진 곳에."

벌집이라고? 맙소사, 심지어 말보다 더 무서운 것이 등장하는군. 헛간 한쪽을 돌아 앤더스를 따라가며 애비는 생각했다.

"농장에 벌도 있어?"

"응, 할머니가 몇 년 전에 벌집을 마련했는데, 이젠 이 꿀벌을 키워서 그 꿀을 파는 게 아빠에겐 큰 사업이야. 아빠가 자랄 때도 벌집이 있었거든."

"벌 보면 긴장 안 하셔? 안 무서워하셔?"

"그럴 것 같지? 그런데 아빠가 벌은 전혀 안 무서워해. 아빠는 날씨 좋은 날엔 밖에서 시간을 많이 보내. 집에 있을 땐 동물에 관해서 이것저것 적고."

농장의 반대편에 도착했을 때 맷은 블루베리 덤불 가지치기를 하고 있었다. 둘을 보더니 그들을 향해 가위를 흔들며 "얘들아!" 하고 외쳤다.

"혹시 물 좀 가져온 거 없지?"

"미안, 물은 안 갖고 왔어. 우리 벌집 보러 왔어, 아빠."

앤더스는 말했다. 맷은 가위를 내려놓았다.

"좋은 생각이다. 나도 같이 가자. 나도 금요일 이후로 녀석들을 못 봤어."

어느 덤불이 무성한 곳에 들어섰을 때, 애비는 들풀이 씨앗을 뿌리고 덤불의 잎들이 주황색으로 변해 가고 있는 자신의 집 건너편 공터가 생각났다.

앤더스가 손가락으로 먼 곳을 가리켰다.

"벌집은 저쪽으로 45미터쯤 가면 있어. 걔네들한테도 프라이버시를 확보해 줘야 할 것 같아서 이렇게 멀리 자리를 잡았지."

"그리고 바람을 너무 세게 맞지 않도록 보호할 셈이기도 해. 자유로운 공간도 주어야 하고 외부 요소로부터 보호도 해야 되니까."

맷은 설명했다.

애비는 곁눈으로 맷을 관찰했다. 그는 지난번에 본 이후로 마치 숙면을 취하고 일어나기라도 한 듯, 한결 나아 보이는 모습이었다. 하지만 애비는 여전히 그의 곁에 있으면 불안했다. 누가 나뭇가지를 밟아서 우지끈 하고 큰 소리가 나면 어떡하지? 그러면 맷은 비명을 지를까? 마치 적을 쫓듯 애비를 쫓아올까?

맷은 애비가 자신을 보고 있는 것을 알아차렸다.

"아이고, 엄청 미안한데 말이다."

그는 미소를 지으며 물었다.

"네 이름이 뭐지? 앤더스가 말해 줬는데 요즘 내 단기 기억력에 고장이 나서 말이야. 의사들이 먹으라고 하는 약 때문이야."

"애……"

애비라고 대답하려다, 어떤 이유에선가 멈추었다. 어쩌면 여우가 물었던 자리가 따끔거렸기 때문인지도 모른다.

"애비게일이에요."

"그래? 내가 전에 듣기론……"

애비는 고개를 끄덕였다.

"애비게일 맞아요. 엄마, 아빠는 날 가끔 애비라고 부르지만요. 애비는 어릴 때 별명 같은 거거든요."

맷은 고개를 끄덕였다.

"우리 부모님도 어릴 때 날 매티라고 부르곤 했었지. 그런데 어느 순간부턴가 그렇게 불리는 게 참 듣기 싫더라고."

벌집의 모양은 애비가 생각했던 것과 달랐다. 마치 대형 말벌의 집처럼 울퉁불퉁한 반구형일 것이라고 상상했는데, 맷의 벌집들은 서류철 상자를 쌓아 올려놓은 듯한 모습이었다. 가까이 다가가자 벌집 속에서 윙윙거리는 벌소리를 들을 수 있었다. 애비는 긴장한 채로 맷을 흘깃 보았다.

"벌집 여실 거예요?"

맷은 하하 웃었다.

"훈연기랑 보호 기어 없이는 안 열어. 그냥 소리를 들으러 온 거야. 벌들한테는 일 년 중 지금이 어중간한 시기야. 꽃들이 거의 피지 않으니 할 일이 거의 끝난 거지. 하지만 아직 활동이 완전히 멎는 겨울은 되지 않았거든. 나는 그냥 다 잘 지내고 있나 보고 싶어서 며칠에 한 번씩 들러."

세 사람은 벌집에서 조금 떨어진 자리에 서서 귀를 기울였다.

"벌들은 아주 놀라운 방법으로 서로 소통을 해."

맷이 애비에게 말했다.

"춤이야. 음식이 어디 있는지, 좋은 음식인지 아닌지, 얼마나 있는지를 서로에게 춤으로 이야기해. 지금 저기서 서로 무슨 이야기를 하고 있는지 누가 알겠어?"

"벌이 안 무서우세요?"

앤더스의 말처럼 맷이 벌들을 전혀 무서워하지 않는다는 것이 믿기지 않아, 애비가 물었다. 맷은 고개를 저었다.

"벌들은 예측 가능한 동물이란다. 가끔씩 떼를 지어 날아다니기도 하지만 대부분의 시간에는 해야 할 일들을 해. 사람이나 말과는 다르지. 말이 무엇 때문에 깜짝 놀랄지 (여기서 맷은 앤더스를 보았다.) 언제 그런 일이 일어날지는 알 수 없거든."

앤더스는 고개를 돌렸고, 애비에겐 어이없다는 듯 눈을 뒤집는 앤더스의 얼굴이 보였다. 앤더스는 다시 맷을 보며 말했다.

"잘 놀라는 말들도 어쩌다 있는 거지, 아빠. 겁 많고 초조해하는 말들 말이야. 할머니네 말들은 놀라지 않아."

"풀숲에서 뱀이 나타나면 말은 다 놀란다. 그전까지 얼마나 침착했든 상관없어."

조금 전만 해도 활발하고 행복해 보이던 맷의 표정이 어두워졌다. 앤더스는 짜증 내지 않으려 노력하는 듯 눈을 감고 있었다.

애비는 두 사람을 다시 춤추는 벌 이야기로 돌아오게 할 말을 생각해 내고 싶었다. 맷과 아주 가까이에 서 있다는 이유만으로 마음이 이렇게 불안해지지 않았으면 했다. 애비가 아는 대부분의 어른들은 제각각 한결같았다. 엄마는 항상 걱정스러워한다. 그걸 감추기 위해 일부러 더 밝게 행동할 때조차도 말이다. 아빠는 농담을 할 때조차 권위적이다. 하지만 맷은 항상 변하는 것 같다. 그저 행복하게만 보이다가도 어느 순간 폭발할 것 같은 모습이 되었다.

애비는 머릿속으로 할 말을 연습해 보았다. 저 집에 가야 할 것 같아요. 아니면, 숙제 있는 걸 깜빡 했어요! 그래, 숙제다.

"너도 말들이 무섭지?"

맷이 애비 앞에 섰다.

"내 보기에 너는 사리를 아는 아이 같으니까 말이다. 사리를 아는 사람들은 말을 멀리하니까. 안 그러냐?"

맷의 목소리 어딘가가 날카로웠다. 미소를 짓고 있었지만 그 미소는 다정하지 않았다. 그리고 애비를 똑바로 보고 있기는 했지만 정말로 애비를 보고 있는 것 같지가 않았다.

"말이 덩치가 크긴 하죠."

애비는 몇 걸음 물러섰다.

"그래도 전 말 좋아해요. 말 자체는 많이 좋아해요."

"그래도 무서워할 텐데. 그렇지?"

맷은 몰아세우듯 말했다. 마치 방송 프로그램에 나오는 변호사 같았다.

"아빠."

앤더스가 맷과 애비 사이에 섰다. 맷은 마치 낮잠에서 깨어난 사람처럼 고개를 흔들었다.

"왜?"

"아빠."

앤더스는 다시 한 번 불렀다.

"애비 누나한테 왜 그래?"

맷의 눈과 입이 갑자기 축 처졌다.

"아, 그래. 아이고, 이런. 미안하다, 애비게일."

애비는 가만히 서 있었다. 울음이 나올 것 같았지만 속으로 꾹꾹 눌렀다. 손이 떨리는 것을 아무도 보지 못하도록 주머니에 넣었다.

앤더스는 말했다.

"이제 돌아가는 게 좋겠다. 누나도 집에 가야 하잖아."

셋은 걷기 시작했고, 맷이 조금 뒤처지자 앤더스는 빨리 오라며 재촉했다. 애비는 길 양쪽의 나무와 수풀을 보았고, 어두워져 가는 하늘도 올려다보았다. 맷이 좀 더 빨리 걸었으면 좋겠다고 생각했다. 개울에 이르는 숲길을 어둠 속에서 걸어가고 싶진 않았으니 말이다.

애비는 대초원에서 길을 잃은 조지 섀넌이 밤이면 어떤 기분을 느꼈을지 상상했다. 머리 위엔 셀 수 없이 많은 별들이 떠 있고 멀리서는 코요테가 울 때 느꼈을 기분을. 아마도 무서웠겠지? 그리고 외로웠겠지? 그는 나뭇가지 둘을 비벼서 불을 피우는 법을 알고 있었을까? 열여덟 살 소년 혼자가 아니라 마치 많은 사람이 함께 있는 것처럼 들리게 하려고 바위에 기대앉아 노래를 부르기도 했을까?

애비는 맷이 따라잡기를 바라며 걸음을 늦추었다. 조지 섀넌이 결국 길을 찾았다는 사실을 떠올리면서. 그는 영원히 길을 잃지는 않았다.

15

목털이 난데없이 곤두서는 느낌에, 여우는 보지 않고도 알아차렸다. 그 여자아이들이다. 앙상한 너구리 소녀들이 다시 왔다. 애비네 집 주변에서 살금살금 움직이며 1층 창문을 기웃거리는 아이들의 모습을, 여우는 자신의 들판에서 지켜보았다.

"분명 안에 있으면서 없는 척하는 거야. 아까 버스 탄 거 봤어."

둘 중 한 아이가 현관 앞에서 이렇게 말하는 것이 들렸다. 다른 아이도 불평스레 말했다.

"뭐라고 해야 할지 모르겠어. 얘 분명 자기 엄마한테 우리에 대해서 거짓말 잔뜩 해 놨을걸. 우릴 들여보내 주지도 않을 것 같아."

"우선은 주변에서 여우를 한 마리 봤다고, 그래서 우리 엄마가 야생 동물 구조대를 불렀다고 얘기하자. 아직 여우를 잡진 못했고, 그 소식을 전해 주러 온 거라고 말이야. 그러면서 어떻게든 집 안으로 들어갈 핑계를 찾아보자."

아이들은 뒷마당으로 사라졌고, 숲속에서 바스락거리는 그들의 발소리가 여우의 귓가에 들려 왔다. 여우는 애비가 집에 없다는 사실을 알고 있었다. 애비는 방과 후 그 들판으로 와 자기 의자에 앉아서 잠깐 동안 그림을 그렸다. 그러고는 개울을 향해 갔다. 여우는 잠시 애비를 따라가다가 보라색 산딸기 냄새를 맡고는, 통통하고 과즙 가득한 그 열매 향기를 쫓아 다시 들판으로 발길을 돌렸다.

산딸기가 아직 달콤한 철에는 채식을 하며 살아가는 것이 그리 나쁘지 않았다. 정말로.

여우는 가지 하나를 물고 산딸기 한 알을 이빨로 땄다. 야생 동물 구조대라고? 야생 동물 구조대가 여우를 잡을 능력이 된다고 생각하시나? 여우가 왼쪽으로 향한 흔적을 몇 갈래 만들어 두고 오른쪽으로도 흔적을 만들어 두면, 딱한 인간들은 혼란에 빠져 어느 쪽을 따라가야 할지 결정을 못한다. 며칠이고 몇 달이고 몇 년이고 그저 뱅뱅 돌며 헤맬 뿐이다.

그러니 야생 동물 구조대는 문제가 되지 않는다. 단지 성가실 뿐. 하지만 이 여자아이들은 다르다. 훈련 중인 너구리들, 아니,

족제비에 가깝다고 할까? 너구리들은 바보 같지만 족제비들은 지독하다. 비열하다. 여우로선 가능하면 얽히고 싶지 않은 족속들이다.

이 족제비 소녀들이 애비를 쫓고 있다.

여우는 초조하게 제자리를 빙빙 돌았다. 아마도 여우가 할 수 있는 일이 무언가 있을 것이다. 지켜보는 것 이상의 일 말이다.

여우는 언제나 지켜보았다. 옆으로 물러난 채 일어나는 일들을 내버려 두었다. 언제나 관찰자였다. (수두로 몸이 뒤덮인 엄마의 침대 옆에 서 있는 아이들을, 시린 물속으로 잠기던 거대한 배를, 수프와 빵 한 덩이를 얻으려고 줄을 서서 기다리는 남자들을 보며) 늘 여러 감정들이 밀려왔지만, 나서지는 않았다. 그 상황을 나아지게 하려고 시도해 본 적은 없었다.

어쩌면 때가 되었는지도 모른다.

그러고 나면, 어쩌면 악몽이 멈출지도 모른다.

16

 토요일 아침, 잠에서 깨어난 애비의 머릿속에 제일 먼저 떠오른 것은 떼 지어 이동하는 가지뿔영양이었다. 이름엔 영양이 들어가지만 실제로는 영양이 아니고 우제 포유류의 한 종, 그러니까 짝수 발가락을 지닌 발굽 동물. 화석 기록에 따르면 가지뿔영양은 2백만 년이 넘도록 지구에 존재했을 것이라고 한다. 화석의 기록이 틀릴 리는 없겠지.

 애비는 하품을 하고 기지개를 폈다. 자신이 잠에서 깨어나며 이런 것들부터 떠올렸다는 사실을 믿을 수가 없었다. 침대에서 내려온 애비는 어제 입었던 청바지를 입고 서랍에서 셔츠도 꺼냈다. 거울 속 자신을 보며 애비는 몇 번 눈을 깜빡였다. 머릿속이 동물에 관한 수백만 가지 사실들로 가득 찬 이 영혼은 도대체 누구지? 내 몸속에서 지금 뭘 하고 있는 거야?

"나 산책 나갈 거야. 운동 삼아서."

애비는 아침을 다 먹고 그릇에 남은 마지막 우유 한 모금까지 후루룩 들이마신 후, 엄마에게 말했다. 엄마의 반응은 걱정과 안도가 뒤섞여 있었다.

"운동? 좋지! 그런데 어디로 갈 건데?"

애비는 어깨를 으쓱했다.

"그냥 동네지, 뭐. 별다른 데 있나."

밖이 추울 경우에 대비해 복도 벽장에서 윗옷을 집어 들었다. 애비는 사실 어디로 갈지 몰랐다. 앤더스네 집? 길 건너 공터? 애비가 원한 것은 단지…… 단지…… 글쎄, 뭐지? 어쩌면 잠시 생각을 비우고 싶었던 것도 같다. 머릿속이 동물에 관한 신기한 정보들로 가득 찬 동물원 같았고, 어젯밤에는 강물 위에서 카누를 저으며 커다란 사슴을 찾으러 다니는 꿈을 꾸었다. 열두 살짜리 여자아이가 꿀 만한 평범한 꿈은 결코 아니다.

하늘이 어찌나 푸른지, 카메라를 들고 나와서 찍어 둘까 하는 생각마저 들었다. 하지만 온통 푸르기만 한 하늘을 사진으로 찍으면, 그 아름다움은 제대로 담지 못하고 푸른 벽을 찍은 건지 뭘 찍은 건지도 알 수 없는 사진이 되겠다는 생각도 들었다. 나중에 사진이 나오면 우울해질지도 모른다. 내가 실제로 본 것은 무언가 아주 멋진 것인데, 사진에 담긴 것은 전혀 멋지지 않고 그저 평범하고 무미건조할 뿐이라면.

그래서 애비는 그대로 길 건너편 공터 아닌 공터로 향했다. 제멋대로 튀는 머릿속 생각들을 즐기면서. 애비는 자신의 생각이 어느 방향으로 가다 또 다른 방향으로 자유롭게 뻗어 갈 때 드는 느낌이 좋았다. 간이 의자는 커다란 떡갈나무 뒤에 그대로 놓여 있었지만 아침의 습한 공기에 축축해져 버려서, 애비는 수풀 사이를 걸었다. 그리고 이 공터의 지도를 그려야겠다고, 나무들이 있는 위치도 표시하고 집이 있던 자리 주변에 자라난 등나무 덩굴과 수국도 표시해야겠다고 생각했다. 애비 눈에 그것들은 마치 당장이라도 집이 돌아오지 않을까 하고 참을성 있게 기다리는 것만 같았다.

지도를 그리는 데서 좀 더 나아가 볼 수도 있겠다고 생각했다. 실제로 공터의 모형을 만들고, 마분지나 발사나무로 된 판자같이 가볍고 풀칠하기 쉬운 재료를 써서 거기에 세울 집을, 그러니까 공터가 내 것이라면 지을 집을 한번 만들어 볼 수도 있겠다고 말이다. 사진을 찍고, 스케치북에 스케치를 해 보고, 집이 철거된 이후로 공터에 정착한 식물, 나무, 새들의 목록을 만들 수도 있겠다. 그 여우를 다시 만나 사진을 찍어 둘 수 있을지도 모른다. 그리고 나무와 꽃, 새와 여우의 모형을 만드는 데 어떤 재료가 필요한지도 알아봐야지. 찰흙, 이쑤시개, 종이 집게, 잘 구부러지고 털실이 감긴 완구용 철사…… 그리고 또 무엇이 필요할까? 꽃은 무엇으로 만들면 좋을까? 얇은 종이?

그림 도구와 카메라를 가지러 집으로 달려가며 애비는 손뼉을 쳤다. 새로운 아이디어가 계속 생각났다. 집 안에 둘 가구 모형도 만들어 볼 수 있을 것이고, 그리고……

길 한가운데에서 애비는 그대로 굳어 버렸다.

크리스틴과 조지아가 현관 계단에 앉아 있었다.

애비의 심장이 쿵 하고 가슴 밑바닥에 떨어졌고 귀에서는 이상한 소리가 웅웅 울렸다. 일 초 전까지만 해도 시속 100킬로미터로 달리던 애비의 마음이 지금은 완전히 멈추어 섰다. 무엇을 해야 할지 생각나지 않아, 애비는 그대로 가만히 서 있었다. 차 한 대가 휭 하고 (아주 살짝만) 자신을 치고 지나가, 앰뷸런스가 와서 아주 먼 곳에 있는 병원으로 실어 가 버렸으면 좋겠다고 마음 한구석으로 생각하며.

"애비, 얼른 돌아왔으면 하고 있었어! 너희 어머니가 기다리고 싶은 만큼 기다리라고 하셨거든."

크리스틴이 외쳤다.

애비는 입을 열었다. 아무 말도 나오지 않았다. 이건 나쁜 꿈이 분명해. 비명을 지르려 해도 목소리가 나오지 않는 꿈.

현관문이 열리고 엄마가 고개를 내밀었다. 그리고 밝은 목소리로 외쳤다.

"어머, 왔구나! 여기 네 친구들 왔어, 애비!"

애비는 심호흡을 하고는 간신히 말을 뱉었다.

"봤어요."

엄마는 얼굴을 찡그렸다. 애비의 미지근한 반응이 마음에 차지 않은 것이다.

"크리스틴하고 조지아가 이렇게 찾아와 주다니 정말 고맙지 않아? 정말 기분 좋은 아침이다."

기분 좋던 아침이 완전히 망가졌죠, 하고 생각하며 애비는 마지못해 길을 건너고 보도를 지나 현관으로 다가갔다.

"왜 왔어?"

애비는 크리스틴에게 물었다. 크리스틴은 밝게 웃었다.

"그냥 얘기 좀 나누고 싶어서. 요즘 너 우리랑 많이 어울리지 않았잖아. 솔직히, 우린 좀 걱정했어."

엄마가 밖으로 나오며 말했다.

"크리스틴이 요즘 네가 점심을 같이 안 먹는다고 하더라. 그래서 네 걱정을 했대. 조지아도."

"아니, 얘들 내 걱정 하는 거 아니야."

애비는 말했다. 애비는 두 아이 앞에 섰고, 이 아이들 앞을 지나쳐 계단을 올라간다면 발목을 붙잡고 넘어뜨리진 않을까 하는 생각이 스쳤다.

"절대 내 걱정 따윈 안 한다고."

크리스틴의 입이 딱 벌어졌다.

"너 어떻게 그런 말을 할 수가 있어? 너는 내 제일 친한 친구 중 하나인데!"

"나한테도 그래. 요즘 네 걱정 얼마나 했는데."

조지아는 연기하듯 어색하게 말했다.

애비는 맨 아래 계단에 앉았다. 유체 이탈을 할 것만 같아 우선은 앉아야 할 것 같았다.

크리스틴은 애비 엄마에게 이야기하기 시작했다.

"뭔가 문제가 있는 건 아닐까 생각했어요. 중학교 들어가면 이런 일이 생기기도 하거든요. 애들이 변해요. 애비도 우리랑 전혀 놀지 않고, 진짜 이상한 애들이랑 친하게 지내더라고요. 미안한데, 애비, (여기서 크리스틴은 애비에게로 고개를 돌렸다.) 아놉? 자파르? 도대체 왜 그런 애들이랑 어울려?"

그리고 조지아가 과장된 한숨을 내뱉고 말했다.

"가자, 크리스틴. 애비는 이제 우리랑 친구하는 데 관심 없는 것 같은데."

"잠깐만!"

애비 엄마가 마치 멈추라고 명령하듯 손을 들었다.

"애비, 네 제일 친한 친구들이 이렇게 걱정을 하잖아. 셋이 방에 올라가서 얘기 좀 해 봐. 지금 막 구운 당근 머핀을 오븐에서 꺼냈으니까, 좀 갖다 줄게."

"올라가서 얘기 좀 하자, 애비."

크리스틴이 엄마의 말을 앵무새처럼 따라했다.

"우린 도와주고 싶어서 그래."

애비는 먼저 방으로 올라가는 크리스틴과 조지아를 뒤따라 올라갔다. 마치 애비네 집이 아니라 자기네 집이고 애비가 불청객인 것만 같았다. 애비는 심호흡을 한 번 하고는, 자신은 누구에게도 심술궂게 구는 아이가 아니라고, 심지어 크리스틴과 조지아 할지라도 마찬가지라는 점을 다시 한 번 생각했다.

"방 좋네. 청소는 자주 해?"

크리스틴은 그날 아침 애비가 어질러 놓은 것들을 둘러보며 물었다. 애비는 정돈되지 않은 침대 위에 앉았다. 목소리를 친절하게 내려고 애썼다. 밝게.

"왜 온 거야?"

"네가 걱정 돼서 왔다고 했잖아. 아까 못 들었어?"

조지아가 코맹맹이 목소리로 물었다. 조지아는 가을이면 쉽게 알레르기 반응을 일으킨다. 언젠가는 체조 대회 중에 재채기를 해서 평균대에서 떨어진 적도 있다. 애비는 그 기억을 떠올리고 하마터면 웃음을 터뜨릴 뻔했지만, 참았다. 애비는 이 아이들처럼 다른 사람들이 어쩔 수 없는 일, 나쁜 타이밍에 재채기를 한다든가 달리기를 못한다든가 하는 일을 비웃는 사람이 되고 싶지 않다.

그래서 웃는 대신, 애비는 조지아를 보며 말했다.

"널 그냥 이용만 하려는 사람 말고 정말로 너를 좋아하는 사람이랑 친구 해. 그럼 훨씬 행복해질 거야."

애비는 베개 밑에서 표범 인형 퍼드를 꺼내 점무늬가 있는 머리를 쓰다듬었다. 조지아는 역겹다는 뜻인지 믿을 수 없다는 뜻인지 고개를 내저었다.

"너 애가 왜 이렇게 이상해졌어? 마약이라도 했어?"

"그만해."

크리스틴은 책상 의자를 방 가운데 쪽으로 돌리더니 자기가 앉았다.

"너희는 둘 다 가끔씩 너무 철이 없어. 마약은 무슨 마약이야? 애비는 그냥 힘든 시기를 보내고 있는 것뿐이야. 곧 그 시기에서 벗어날 거야."

크리스틴은 음험한 미소, 어른 같은 미소를 지었다. 그러고는 애비에게 몸을 기울여 마치 캠프 지도 선생님 같은 심각한 얼굴로 말했다.

"무슨 일이야, 애비? 우리 다들 널 정말 걱정하고 있어. 무엇보다도 너 요즘 살이 더 찌고 있는 것 같아. 조심하지 않으면 선을 넘게 돼서 크리스틴 보그즈와 같은 부류가 되고 말걸."

크리스틴 보그즈는 학교에서 뚱뚱한 아이로 유명했다. 애비는 다소 통통한, 한참 체중계 바늘이 최고점에 도달했을 때 들었던 엄마의 걱정스런 표현처럼 '몸무게에 좀 문제'가 있는 정도였지만, 크리스틴 보그즈는 비만이었고, 학교에서 언제나 고개를 숙이고 다닐 정도였다. 애비는 그 아이가 다른 사람들을 제대로 쳐다보는 모습을 한 번도 보지 못한 것 같았다.

부끄러움이 애비의 발목부터 타고 올라오기 시작했다. 애비는 퍼드를 끌어안고 자신의 허벅지를 내려다보았다. 빵 반죽 같다는 생각이 들었다. 배를 내려다보니 청바지 벨트 위로 동그랗게 튀어나온 살덩이가 보였다.

애비는 다른 것을 생각하려 애써 보았다. 앞으로 지을 집에 대해서. 새들을 진짜 나는 모습처럼 만들 방법에 대해서. 아마도 철사를 사용하면 되겠지? 아니면 수국 덤불에 앉혀 두어도 되겠다. 날개를 편 채로, 마치 방금 내려와 앉은 것처럼.

애비는 혹시 그 여우가 길 건너에 있는 건 아닐까 하는 생각에 창밖을 흘낏 보았다. 지금 여우는 애비를 올려다보고 있을지도 모른다. 갑자기 애비는 그 여우가 분명히 길 건너편에 있고, 분명 애비에게 무언가를 말하려 하고 있음을 느꼈다. 여우는 외치고 있다. 그 애들 말 듣지 마, 애비. 듣지 말라고!

안 들을 거야! 애비는 마음속으로 대답했다.

애비는 크리스틴에게 말했다.

"나 다이어트 중이야."

애비는 자신의 떨리는 손이 크리스틴에게 보이지 않도록 퍼드를 꼭 끌어안으며 거짓말을 했다.

"벌써 1킬로그램이나 빠졌어."

크리스틴은 잔뜩 억지웃음을 지어 보였다.

"잘됐다! 점심시간에 우리랑 같이 걷자. 우리 아스팔트 길 따라서 한 바퀴씩 산책하기 시작했거든."

"좋은 생각이네. 나도 할까 봐."

하고 말하며, 애비 역시 나름의 억지웃음을 지어 보였다. 엄마가 문을 두드렸다.

"머핀 가져왔다!"

엄마는 쟁반을 가지고 들어왔다.

"애비, 네 책상 엉망이다! 이거 어디에 내려놓지?"

크리스틴은 책상 위 물건들을 치우고는 쟁반을 받았다.

"와, 맛있어 보여요. 고맙습니다. 정말 솜씨가 좋으시네요!"

"어머, 고맙구나, 크리스틴."

누가 봐도 기쁜 표정으로 엄마는 대답했다.

"나는 말이야, 너희가 좀 더 자주 놀러 왔으면 좋겠어. 지난봄에 너희가 애비랑 같이 놀기 시작했을 때 얼마나 기쁘던지."

크리스틴은 대답했다.

"저도 그래요. 사실 월요일 아침에 여기 와서 버스 타는 데까지 애비랑 같이 걸어갈까 해요. 요즘 시간을 같이 많이 못 보내서요."

엄마 얼굴이 활짝 피었다.

"그래, 좋은 생각이네."

크리스틴은 애비를 보고 말했다.

"월요일 아침 7시 50분에 보자."

하지만 크리스틴 얼굴엔 웃음기가 사라지고 없었다.

월요일, 애비는 7시에 집에서 출발해 학교까지 5킬로미터를 걸어갔다.

17

세 번의 점심시간을 컴퓨터실에서 보냈지만, 애비의 자료 조사는 진전이 없었다. 너무 많은 정보가 쏟아졌다! 얼룩다람쥐에 대해 어쩌면 이렇게 많은 글이 있는 걸까? 말도 안돼! 이 속도대로라면 일 년 내내 조사를 해도 할머니가 준 목록 중 처음 다섯 번째 동물까지밖에 하지 못할 것 같았다. 하지만 할머니와 앤더스는 곧 자료를 받게 될 거라 기대하고 있다. 정확히 언제까지 해 달라는 말을 하진 않았지만, 애비는 되도록 빨리 해야 할 것 같은 기분을 떨치기 어려웠다.

애비는 출력 버튼을 누른 후, 그루버 선생님의 책상 옆 프린터로 갔다. 겨우 두 장, 쥐꼬리만 한 조사 내용만 뱉어 낼 뿐이었다. 출력된 종이를 집어 든 애비는 그것만으론 부족하다는 걸 알았지만, 오늘은 앤더스네 집에 뭐라도 (그게 뭐건 간에) 가져가리라 스스로 다짐한 상태다. 적어도 노력했다는 것만은 알아주겠지.

갑자기 어깨 너머로 누군가의 시선이 느껴졌다. 말리스 배리가 뒤에 서서 애비가 들고 있는 출력물을 읽고 있었다.

"가지뿔영양? 이상한 이름이네."

말리스가 눈썹을 치켜 올렸다. 애비는 종이를 가슴에 안고 쏘아붙였다.

"네가 상관할 일 아니잖아."

"내가 상관할 일이라고 한 적 없는데. 단지 내가 동물들에 대해 좀 많이 아는데, 가지뿔영양은 들어 본 적 없는 동물이라서 그래."

"동물에 관심 있어?"

말리스는 고개를 새침하게 젖히며 대답했다.

"당연하지. 나 나중에 수의사 될 거잖아."

내가 그걸 어떻게 알아? 하지만 어쨌든 흥미로운 사실이었다. 말리스는 동물을 좋아하는데다가 컴퓨터 앞에서 많은 시간을 보낸다……

"너 동물에 대해 조사하는 거 좋아해?"

애비는 밝은 목소리로 물었다.

"가끔씩은. 근데, 왜?"

말리스가 수상쩍다는 듯이 물었다.

말리스에게 도움을 요청해야 할까? 도대체 이 사연을 어떻게 다 설명한담? 설명하는 데도 한참이 걸릴 테고, 다 듣고 나면 말리스는 애비가 미쳤다고 생각할지도 모른다. 잘 알지도 못하는 아저씨가 시 쓰는 걸 도와준다고? 루이스 클라크 탐험에 대해서? 그러면 그 아저씨가 계속 살고 싶어 할 거라고?

이상한 얘기처럼 들리겠지. 이상한 얘기였다. 애비는 아직도 자신이 어쩌다가 이 일에 끼어들게 되었는지 알 수가 없다. 그 여우와 관련이 있는데…… 그러다 월러스를 만나고 앤더스도 만나서 여기까지 왔다. 앤더스의 어떤 면인가가 애비로 하여금 도와주고 싶은 마음이 들게 했다. 결국 애비가 크리스틴과 조지아에게서 도망치려 할 때, 앤더스는 아무것도 묻지 않고 도와주었다.

"그냥."

애비는 이렇게만 대답했다. 자신이 하고 있는 일이 타인의 귀에도 말이 되게 들리도록 설명하기에는 너무 복잡하다고 결론지으며. 애비는 자신의 책상으로 돌아가 출력한 종이를 공책 사이에 끼웠다.

그날 오후 앤더스의 집을 향해 언덕을 오르며, 애비는 자꾸만 돌아가는 게 나을 것 같다는 생각이 들었다. 주말까지라면 적어도 한 장 정도는 더 가져올 수 있을 텐데. 단 두 장의 조사 내용만 가지고 나타나면 그다지 도와줄 마음이 없는 것처럼 보일지도 모르지만, 애비는 진심으로 돕고 싶었다! 단지 부탁 받은 그 일에 재능이 없을 뿐.

현관문을 여는 할머니의 얼굴은 기대로 가득했다.

"그거 뭐냐? 맷한테 줄 거야?"

할머니는 애비가 접어서 손에 꼭 쥐고 있는 종이로 고갯짓을 까딱하며 물었다.

"많지는 않아요."

오지 말았어야 했나, 하는 생각이 또 들었다. 애비는 종이를 펼쳐 구김을 펴려고 애썼다.

"저한테 주신 목록을 조사할 시간이 별로 없었어요. 이번 주에 엄청 바빴거든요. 12월에 하는 합창이랑……."

"가지고 온 거 맷한테 보여 주지 그러냐?"

할머니는 애비의 팔을 잡고 집 안으로 끌어당겼다. 목소리를 낮추며 이렇게 덧붙였다.

"오늘은 맷의 기분을 좀 북돋아 줄 일이 필요해. 기분이 좀 처져 있거든. 왜인지는 말을 안 해."

할머니는 목소리를 키워서 외쳤다.

"맷, 애비 왔다!"

맷은 티브이 앞 소파에 앉아 있었고, 티브이는 켜져 있었지만 소리가 너무 작아 거의 들리지 않았다.

"애비게일 왔니?"

맷은 무기력하게 인사했다. 옆에 놓인 쿠션을 두드렸다.

"앉아라. 요리 프로그램 좀 보고 있었어. 너 옥수수빵 핫도그 직접 만들어 본 적 있니?"

애비는 조심스레 소파로 다가갔다.

"저기, 저 오래 있지는 못해요. 그냥 루이스 클라크 탐험 속 동물들에 대해서 제가 조사한 내용을 드리러 왔어요. 아저씨 쓰시는 시에 도움이 될까 해서요."

맷은 여전히 두 눈이 티브이에 고정된 채로 손을 내밀었다.

"조사한 내용이라고? 그래, 한번 보자."

애비는 종이를 건넸고 얼굴이 달아올랐다. 맷이 그걸 보고는 바닥에 집어던지며 *이걸 조사라고 했냐?* 하고 소리를 지르진 않을까?

맷은 천천히 등을 세우고 리모콘을 쥐었다. 티브이를 끄고 몸을 숙여 애비가 건넨 종이의 내용을 읽었다. 첫 장을 읽고 다음 장으로 넘겨 계속 읽었다. 그리고 애비를 보았다.

"루이스와 클라크가 어떤 기분이었을지 상상이 되니? 길을 걷다가 이전까지 한 번도 본 적 없는 동물을 발견한다는 거 말이야. 정말 멋진 경험이지 않았을까?"

애비는 고개를 끄덕이며 그 여우를 생각했다. 물론 애비가 그 여우를 처음 발견한 것은 아니지만, 생각해 보면 루이스와 클라크도 가지뿔영양을 처음 발견한 사람은 아닐 것이다. 그곳 인디언들은 가지뿔영양을 아마도 수천 년 전부터 알고 있었을 테니까. 하지만 어떤 동물을 바로 눈앞에서 본다는 것은, 그것도 살면서 한 번도 본 적 없는 동물을 본다는 것은 정말로, 정말로 멋진 경험이다. 앞으로 또 무엇을 눈앞에서 만나게 될까, 하는 기대를 하게 만든다.

맷은 그 종이를 사각형으로 깔끔하게 접어 셔츠 주머니에 넣었다.

"정말 고맙구나, 애비게일. 정말 고마워. 솔직히 그동안 진전이 별로 없어서 기분이 굉장히 우울했단다. 이렇게 일부러 자료를 찾아 주다니 정말 고맙구나."

"많지도 않은데요, 뭐."

애비는 죄책감을 느끼며 말했다. 자신은 별로 한 것이 없는데 그가 너무 크게 칭찬해 주고 있다.

"좀 더 조사할 거예요. 사실 오늘 밤에 집에 가면 엄마 컴퓨터 좀 써도 되냐고 물어보려고요."

맷은 애비의 어깨를 토닥였다.

"이것도 많이 한 거야. 정말로 고맙게 생각한다."

할머니는 지난 몇 분간이 무척 흐뭇했다는 듯 미소 띤 얼굴로 애비에게 말했다.

"혹시 앤더스한테 인사하고 싶으면, 지금 마구간 청소를 하고 있으니까 거기 가 보면 돼. 널 보면 좋아할 거야. 요즘 만날 애비 누나가 어쩌고저쩌고 하는 얘기밖에 안 해."

맷도 고개를 끄덕이며 덧붙였다.

"그래, 너 팬 한 명 생겼다."

애비는 뭐라고 대답해야 할지 몰랐다. 팬이 있던 적은 한 번도 없었다.

"앤더스한테 가 볼게요. 저도 청소하는 거 도와주죠, 뭐."

헛간에 도착하자 앤더스가 혼자 콧노래를 흥얼거리는 소리가 들렸다. 애비는 헛간 문 밖에 선 채, 앤더스가 밖으로 나와 주기를 바라며 "나 왔어." 하고 불렀다. 자칫 말에 너무 가까이 다가가게 되는 일은 피하고 싶었다.

"잠깐 들른 거야. 맷 아저씨한테 내가 동물 조사한 내용 전해 드렸어."

손에는 쇠스랑을 들고 무릎 위까지 올라오는 장화를 신은 앤더스가 느릿느릿 움직여 마구간에서 나왔다.

"와! 정말? 진짜 고마워! 아빠한테 벌써 보여 줬어?"

애비는 고개를 끄덕였다.

"그거 보시고 기분이 조금 나아지신 것 같았어."

애비는 앤더스가 든 쇠스랑을 가리키며 물었다.

"너 이 일 하는 거 싫지 않아?"

"처음엔 냄새 때문에 싫었는데 이제는 좋아. 뭐, 거름이 말똥으로 만들어진다는 건 다 아는데, 개똥하고는 다르더라고. 내 생각에 개똥은 진짜 냄새가 고약해. 그런데 말똥 거름은, 음…… 뭔가 마음이 편해지는 구석이 있어. 이상한 소리 같지? 엄마는 내가 홈스쿨링을 하면서 더 이상해졌대. 엄마는 내가 버지니아에 가서 엄마랑 같이 사는 게 낫다고 생각해. 그러면 덜 이상해질 거라고."

그러자 애비는 말했다.

"우리 엄마는 내가 뚱뚱하대. 물론 말은 그렇게 하지 않지, 직접적으로는. 엄마는 내 몸무게에 조금 문제가 있다고 표현해."

"안 뚱뚱한데!"

앤더스가 외쳤다. 몹시 화가 나 보였다.

"딱 적당해!"

내심 기분이 좋아진 애비는 앤더스를 칭찬할 말을 찾았다.

"뭐, 나도 너 이상하다고 생각 안 해. 그러니까 우리 엄마들이

틀린 거네, 그렇지?"

"그런가 보네."

앤더스가 미소를 지었고 쇠스랑을 든 손으로 마구간 쪽을 가리켰다.

"혹시 나 마구간 청소하는 거 도와주고 싶으면 그래도 돼. 말들은 전부 초원에 나갔으니까 괜찮아. 나는 여기에 말이 없을 때만 청소하도록 허락 받았어. 말이 내 머리를 발로 찰까 봐 아빠가 걱정하거든."

앤더스는 어이없다는 표정을 지으며 말했다.

애비는 앤더스를 따라 마구간 안으로 들어갔다. 마구간을 청소하는 여자아이가 된다는 생각에 기분이 좋았다. 마구간에서 시간을 보내는 여자아이. 크리스틴와 조지아에게 말을 잘 탄다고 거짓말하던 시절, 애비는 말에 관한 수많은 소설책들(《블랙 뷰티》,《친커티그의 미스티》,《검은 종마》)과, 세상 무엇보다 자기 말을 사랑하는 소녀들이 등장하는 이야기들을 읽었다. 애비는 자신 또한 그런 여자아이인 척, 말과 친구인 척했지만, 사실 애비가 좋아했던 건 실제로는 존재하지 않는 자신의 마구간을 상상하는 일이었다. 기름칠 잘된 장구들이 고리에 걸려 있고, 바닥에 깔려 있는 깨끗한 짚에서는 달콤한 향이 풍기는 상상 속의 마구간.

"맞아, 이 냄새 적응되는 것 같아. 정말 그렇게 나쁘지 않네."

몇 분 후, 애비는 쇠스랑으로 말똥을 잔뜩 퍼 올리며 옆 칸의 앤더스에게 외쳤다. 그러자 앤더스가 외쳤다.

"이걸로 향수나 애프터쉐이브 만들어도 좋을 것 같지?"

그래 놓고 앤더스는 잠시 조용했다. 그리곤 물었다.

"누나, 솔직히 말해 봐. 방금 그 말은 진짜 이상한 소리지?"

애비는 키득키득 웃었다.

"응, 약간. 그런데 좋은 쪽으로."

앤더스는 잠시 말이 없었다.

"좋은 쪽으로 이상한 것도 있어?"

애비는 대답했다.

"그럼, 있지. 있다고 생각하지 않아?"

"있었으면 좋겠다. 그러면 내가 살기가 훨씬 쉬워질 테니까."

그날 밤 애비는 엄마의 컴퓨터 앞에 앉아 '뮬사슴'이라고 검색창에 쳐 넣었다. 저녁을 먹는 동안 애비는 자료 조사를 해 주어 정말로 고맙다던 맷의 인사가 자꾸 생각났다. 그리고 생각이 나면 날수록, 맷을 생각하면 할수록, 도대체 그에게 정확히 무슨 일이 일어났는지가 궁금해졌다. 맷은 군대에 입대했고, 이라크 전에 참전했고, 지금은 어머니의 농장에서 양봉을 하고 블루베리를 재배한다. 그리고 우울증이(또는 정신병이) 있다. 어쩌면 참전 군인들이 얻는다는 병, 즉 전쟁에서 겪은 일들을 마음속에서 떨쳐 내지 못하는 병에 걸렸는지도 모른다.

애비는 의자에 기대앉았다. 맷에게 문제가 무엇이냐고 물어보고 싶었지만, 그러지는 못할 것 같았다. 그런 질문은 하는 게 아니다. 하지만 알고 싶었다. 알아야만 했다.

애비는 등을 폈다. '뮬사슴'을 검색창에서 지웠다. '맷 벤튼, 군인, 이라크 전쟁'이라는 검색어를 입력했다.

모니터에 검색 결과가 쏟아졌다.

18

여우는 닭장에서 조금 떨어진 수풀 속에 숨었다. 그리고 지켜보았다. 그저 지켜보기만 했다. 지켜볼 만큼 지켜보고 나면 그 닭들에게 정이 들 테고, 정이 들면 잡아먹고 싶은 마음이 들지 않을 거라고 생각했다.

뭐, 이론상으로는 말이다.

이번 주에 여우가 잡아먹은 것은 겨우 생쥐 두 마리였다. 그리고 들쥐 한 마리. 여우는 고개를 들어, 들판을 가로질러 날아가는 제비들을 바라보았다. 어린애들이군. 여우는 새끼들을 잡아먹지 않았다. 여우에겐 넘지 않는 선이라는 것이 있다. 새끼는 먹지 않는다. 그리고 이제는 먹지 않는 것에 닭도 포함된다.

여우가 입맛을 잃은 건 죽일 때의 소리, 그 끔찍한 비명 소리였다. 생쥐와 두더지와 들쥐를 피하고 산딸기와 들풀로 저녁을 먹는 날 밤이면 여우의 꿈자리는 그리 나쁘지 않았다. 꿈속에선 다른 이야기들이 등장했다. 오래전 이야기, 쓰러진 나무를 타고 격렬하게 소용돌이치는 강을 건너던 이야기, 새끼 여우들을 축축한 동굴로 안전하게 밀어 넣던 이야기가. 가끔 종일 들풀만 먹고 지낸 날 밤이면, 오랜 친구 까마귀의 꿈을 꾸었다.

여우는 문득 들판에 애비가 와 있을지 궁금해졌다. 그 여자아이는 가끔 커다란 떡갈나무 뒤 낡은 의자에 앉아 그림을 그리거나 뭔가를 적으며 오후를 몽땅 보냈다. 여우는 그 모습을 바라보았다. 부러워하며. 자신에게도 무언가를 적을 수 있는 능력이 있다면! 모든 이야기들, 특히 여우를 밤에도 깨어 있게 만드는 그 꿈들을 어딘가에 적을 것이다. 그러면 그 꿈들을 머릿속에 담고 다니는 것이 아니라, 자신의 입에 물고 다닐 수 있을 것이다.

깃털이 갈색과 주황색인 닭 한 마리가 닭장 가장자리로 오더니 걱정스레 꼬꼬 울었다. 여우는 한숨을 쉬고 총총히 숲속으로 돌아갔다. 여우는 닭을 겁줄 생각이 아니었다. 잡아먹을 생각이 아니었다.

오후가 무르익을 무렵이었다. 한 무리의 굴뚝새들이 나무 위에 자리 잡고는 몇 주 후 남쪽으로 날아갈 계획에 대해 명랑하게 서로 지저귀고 있었다. 그러던 굴뚝새들이 여우를 발견하더니 조용해졌고, 여우가 눈앞에서 사라지자 다시 들뜬 수다 삼매경에 빠졌다. 여우는 또 한숨을 쉬었다. 내가 그동안 그렇게도 나빴던 건가? 모든 작은 생물들이 날 두려워하고 있는 건가?

여우는 온 세상이 자신을 두려워한다는 (참 말도 안 되는) 생각을 떨쳐 버린 후, 애비를 도울 가장 좋은 방법이 무엇일까 골똘히 궁리했다. 이를 드러내는 일은 이제 하지 않으리라 마음먹었다. 하지만 분명히 있을 것이다. 그 너구리 계집애들을 영원히 쫓아버리기 위해 여우가 할 수 있는 일이. 아무도 안 보는 틈을 타 애비의 들판에서 뭔가를 캐내려고 하는 교활한 아이들이었다. 뭘 찾으려던 거지? 무기? 사냥용 덫에 붙들린 애비?

여우는 아무래도 개와 이야기를 나눠 보는 것이 좋겠다고 생각했다. 그 사냥개 말이다. 한번은 개를 추적하려 시도한 적도 있지만, 나중에 보니 도리어 개가 여우의 뒤를 밟고 있었다. 과장이 아니라, 정말 당황스러웠다. 사냥개치고는 조용하고 비밀스러운 개였다. 그 개는 뭔가를 알고 있었다. 개울을 건너 그 개를 찾아보아야 할까?

그럴 생각을 하자 어쩔 도리 없는 두려움이 몰려들었다. 여우가 나무에서 떨어지기만을, 낚아채어 물어뜯을 순간만을 기다리며 나무 밑에서 짖어 대는 어느 개 때문에, 꼼짝 없이 여러 날 밤을 나무 위에서 지새운 적이 있기 때문이다.

그래도 만나는 게 좋겠다. 그 사냥개는 총명한 부류인 것 같았다. 이성적인 부류. 어쩌면 인간에 대해 여우가 모르는 것을 알고 있을지도 모른다. 아, 물론 여우도 인간에 대해 많이 알고 있다. 어쩌면 너무 많이. 하지만 인간을 돕는 방법은 잘 몰랐다. 한 번도 시도해 본 적이 없었다.

여우는 개에게 물어보기로 마음먹었다. 억지로라도 그렇게 할 것이다.

그리고 개가 여우를 저녁거리로 삼고 싶어 한다면 여우는 닭 이야기를 들려줄 것이다. 여우는 닭을 바라보는 것만으로도 입에 침에 고인다는 이야기, 하지만 그냥 물러나기로 마음먹는다는 이야기.

19

목요일, 점심을 먹은 후 애비는 말리스 옆자리의 컴퓨터 앞에 앉았다. 애비는 앤더스 할머니에게서 받은 동물 목록을 조심스레 자신의 키보드 오른쪽, 말리스와 가장 가까운 위치에 놓고, 전날 밤 엄마의 컴퓨터로 출력한 신문 기사도 나란히 놓았다. 기사 제목은 '이라크 기지 공격으로 미국 군인 다섯 명 사망', 소제목은 '폭발 트럭에서 한 병사만 기적적으로 생존'.

애비는 아이디를 입력하고 학교 네트워크에 접속했다. 도서관 페이지를 열어 반납이 밀린 책이 두 권임을 확인했다. 새로 온 메일 하나는 과학 클럽의 로켓 전시회가 다음 주말이라는 것을 알리는 아놉의 메일이었다. 그 메일을 몇 번이나 반복해 읽으면서, 애비는 자신이 펼쳐 놓은 종이들을 말리스가 훔쳐보길 기다리며 슬쩍슬쩍 그 아이를 곁눈질했다.

 말리스가 그 종이들을 읽는 것이 보였다, 라기보다는 느껴졌고 말리스의 입에서 흐음, 하는 소리가 났다. 말리스는 그게 무슨 내용이라고 생각할까? 전쟁 이야기와 신기한 이름의 동물들, 이 종이 두 장이 어떤 연관이 있는지 결코 짐작해 낼 수 없을 것이다. 말리스는 반드시 질문을 하게 되어 있다.

 기다리자. 애비는 속으로 되뇌었다. 기다리자……

 말리스가 애비의 어깨를 두드린다.

 "내가 상관할 일이 아닌 건 아는데 말이야."

 애비는 마치 생각에 잠겨 있다가 깜짝 놀란 것처럼 고개를 흔들었다.

 "응? 뭐 물어봤어?"

 말리스는 이라크 기사를 가리켰다.

 "이거 어디에 쓰는 거야? 학교 프로젝트 같은 거야?"

 애비는 어깨를 으쓱하며 말했다.

 "뭐, 비슷한 거. 프로젝트이긴 한데, 학교 프로젝트는 아니야. 내 친구를 위해서 하는 프로젝트야."

 "친구를 위해서? 친구랑 같이한다는 뜻이야?"

 "음, 둘 다야, 사실. 위해서 하는 일이기도 하고 같이하는 일이기도 하고."

말리스는 코를 긁었다. 잔뜩 관심이 생긴 표정이었다.

"무슨 프로젝트인지 물어봐도 돼?"

애비는 손가락으로 '폭발 트럭에서 한 병사만 기적적으로 생존'이라는 기사 소제목을 훑었다.

"이 군인 있잖아. 살아남은 군인. 내가 이분을 알아. 그리고 이분이 시를 쓰고 계셔. 동물들에 관한 시. 그래서 내가 동물들에 관한 자료를 찾아서 도와드리는 거야."

"재미있네."

말리스는 또 코를 긁었다.

"그래서 매일 여기 오는 거야?"

애비는 고개를 끄덕였다. 말리스는 손을 뻗어 애비의 책상에서 동물 목록을 집었다.

"그런데 넌 이 일을 좋아하진 않지? 그러니까 내 말은, 어쨌든 넌 이 일을 엄청 못하지? 만날 혼자서 끙끙거리는 소리 다 들리거든. 그리고 조사도 얼마 못했잖아. 저번에 두 장 출력해 갔던가? 고작 두 장이 뭐야."

"세상에서 나보다 자료 조사를 못하는 사람은 없을 거야. 나 진짜 심각하게 못해."

애비는 동의했다. 말리스는 고개를 설레설레 저었다. 뭔가를 생각해 보더니 이렇게 말했다.

"좋아. 내가 도와줄게. 우리 사촌 오빠도 군대에 있어. 아프가니스탄에 지금까지 세 번 갔어. 그리고 나는 동물에 대해서도 많이 알아."

"수의사가 될 거잖아. 당연히 많이 알겠지."

말리스는 할머니의 동물 목록을 보았다.

"'캘리포니아도롱뇽' 조사했어?"

말리스는 이미 키보드를 두드리며 물었다. 애비는 두 팔을 머리 위로 뻗으며 신이 난 목소리로 "아직!"이라고 대답했다. 아! 정말로 쉬운 내리막길에 들어선 느낌이다! 이제는 맷 아저씨에게 자료를 몇 장이고 가져다줄 수 있을 것 같다. 말리스는 애비가 앉은 의자 등받이를 툭 치며 으름장을 놓았다.

"너도 검색해. 내가 도와주긴 할 거지만 너도 이런 거 하는 법 배워야 해. 모르면 대학에 절대 못 가."

점심시간 후, 애비는 과학 공책을 꺼내러 사물함으로 갔다. 복도 건너편에 서 있던 몇몇 아이들이 애비를 보며 낄낄거렸고 애비는 입 좀 닥치라고 말하고 싶었다. 전쟁이 벌어지고 있다는 걸 저 애들은 모르나? 사물함 비밀번호를 누르고 문을 열어 보니, 애비의 책들은 온통 분홍색 요구르트로 더러워져 있었다. 돌아보는 애비를 향해 아이들은 배를 쥐고 더 크게 웃었다. 어쩐지.

"점심 잘 먹어라!"

한 남자아이가 이렇게 외쳤고 또 한 번 폭소가 터졌다.

애비는 가만히 서 있었다. 맷을 위한 자료 조사에 마음을 다 빼앗겨 크리스틴와 조지아 생각은 거의 하지 않았다. 사실 그 아이들의 존재를 잊고 있었다. 이 일이 기억을 빵 터뜨리며 되살려 줬지만.

그 아이들은 왜 이렇게 매달리는 것일까? 휴지를 가지러 화장실로 가는 애비의 머릿속에서 자꾸만 이 질문이 울렸다. 왜 굳이 이렇게까지? 왜 굳이 이렇게까지? 애비는 그 아이들을 때리지도, 침을 뱉지도, 뒤에서 험담을 하지도 않았다. 아무것도 하지 않았다. 애비가 한 것은 그 아이들과 함께 점심을 먹던 식탁을 뒤로 하고 걸어 나온 것뿐이다.

스페인어 교과서에 묻은 요구르트를 닦으며 애비는 참 한심하다, 하고 생각했다. 고작 이런 짓이 그 아이들이 생각해 낸 최고의 방법이었나? 애비라면 더 심한 행동을 백 가지 정도는 생각해 낼 수 있었을 텐데. 정말로 복수를 하고 싶다면 애비를 험담하는 인터넷 사이트를 만들어 애비가 좀 모자란다든가 학교 뒤에서 많은 남자아이들과 키스를 했다든가 하는 소문을 퍼뜨릴 수도 있었다. 화장실에 가둬 놓고 변기 물을 마시게 할 수도 있었다.

누군가의 인생을 비참하게 만드는 데 크리스틴과 조지아는 정말로 아마추어 같았다. 그래도, 그 아이들을 조심하는 게 좋겠다고 애비는 생각했다. 그 애들이 이다음에 생각해 낼 한심한 아이디어가 무엇일지 모르니까. 체육관 바닥에 바나나 껍질을 놓아둘 수도 있고 애비의 책가방에 면도 크림을 발라 놓을 수도 있다. 유치원생들 같은 어떤 짓이겠지.

아니, '보통 여자애들'다운 짓이라고 하는 게 좋겠다. 따분하고 평범하기 짝이 없는 여자애들의 짓거리. 하지만 과학 수업 교실로 서둘러 가며, 한 가지 생각이 애비의 마음에 걸렸다. 그 애들이 정말로 끔찍한 짓을 꾸미고 있을지도 모른다는 생각.

다음 날 점심시간, 애비는 내년에 열릴 월드컵에 대한 전망을 주고받는 아눕과 자파르의 대화를 건성으로 들으며, 보통 여자애들의 점심 테이블을 바라보았다. 국제 축구(아눕은 자꾸 풋볼이라 말해야 한다고 주장했다.) 경기에 대해 전혀 모르는 애비는 마음껏 크리스틴과 조지아의 식탁을 관찰할 수 있었다. 별다른 점은 보이지 않았다. 크리스틴은 샌드위치 식빵 가장자리를 뜯어내고 있었고, 조지아는 빨대 포장지에 바람을 불어넣었다가 재빨리 빨아들여 빨대가 접히게 만들고 있었다. 베스와 밀라는 마주 보고 앉아 테이블 위로 포도알을 굴리며 주거니 받거니 하고 있었다. 케이시는 《헝거 게임》을 읽고 있었고 레이첼은 숙제를 하고 있는 것처럼 보였다.

 보통 여자애들의 식탁은 전반적으로 지루해 보였다. 누구도 애비를 괴롭히기 위해 치밀한 계획을 짜고 있는 것 같지 않았다. 베스와 밀라, 레이첼과 케이시는 이제 애비 일에 신경을 쓰는 것처럼 보이지도 않았다. 돌이켜 보면, 며칠 전 국어 시간에 밀라는 애비에게 미소를 지어 보이기도 했다. 그저 평범하고 의례적인 인사에 가까운, 숨은 뜻이라고는 전혀 없는 미소를 말이다.

 애비는 지금 당장 자신이 보통 여자애들의 식탁으로 다가간다면 무슨 일이 일어날까 궁금했다. 어쩌면 베스와 밀라, 레이첼과 케이시는 애비에게 앉으라며 자리를 내주고 크리스틴과 조지아를 쫓아낼지도 모른다.

 아니면 모두 안도의 한숨을 쉴지도 모른다. 적어도 괄시할 대상이 다시 생겼으니까!

 애비는 그냥 앉아 있기로 했다.

 "그 앤더스라는 애가 개울을 건너면 안 되는 이유가 뭐라고 생각해? 그 애 부모님은 물에 빠져 죽기라도 할까 봐 걱정하시는 걸까?"

 마치 먹을 가치가 있는 음식인지 모르겠다는 듯이 꼬마 당근을 관찰하며, 아늡이 난데없이 물었다.

 애비는 다시 자신의 친구들에게로 주의를 돌렸다. 점심시간이 막 시작됐을 때 애비는 아눕과 자파르에게 앤더스 가족 이야기를 했다. 아눕과 자파르가 관심을 보이기를, 그래서 자신과 말리스의 동물 조사를 도와주겠다고 나서기를 내심 바라긴 했지만, 둘이 별다른 관심을 보이지 않는 것 같아 더는 길게 이야기하지 않았다. 지금 보니, 아눕은 자파르와 축구 토론을 하고 매일 싸 오는 도사를 먹으면서도 자신만의 조심스러운 방식으로 그 일에 마음을 쓰고 있었던 것이다.

"빠져 죽을 만한 개울이 아니야. 너비가 1미터 조금 넘고 깊이는 15센티미터 정도밖에 되지 않아. 앤더스 말로는 개울이 자신의 안전 구역 바깥에 있대. 그게 무슨 뜻인지는 잘 모르겠지만. 내 생각에 앤더스 아빠는 앤더스가 개울을 건너면 길을 잃을까 봐 걱정하는 것 같아."

"납치될 거라고 생각하는지도 모르지. 해적들한테. 동네에 해적들 많아?"

자파르가 장난기 어린 눈을 빛내며 물었다. 애비는 웃으며 대답했다.

"응, 진짜 많아."

아눕이 이야기했다.

"우리 할머니는 물을 정말 무서워하셔. 배에서 물에 빠진 적이 있으시대. 정말로. 대학에 가려고 인도에서 영국으로 가는 중이었는데, 배가 항구에서 벗어나던 순간에 할머니가 가족들한테 손을 흔들려고 몸을 숙였다가 바다로 떨어지신 거야. 무거운 옷을 입고 있어서 바닥까지 가라앉는구나 하고 생각했는데, 어떤 친절한 뱃사람이 구해 줬다고 하시더라고."

"그럼 너도 개울 못 건너게 하시겠다."

자파르가 놀리듯 말했다.

"아마도. 우린 심지어 동네 수영장도 안 가."

아눕은 당근을 씹으며 대답했다. 아눕은 도시락 가방의 덮개를 열고는 안을 들여다보더니 슬프게 고개를 저었다.

"아쉽게도 내 도시락은 먹을 게 동난 것 같다. 동물 조사를 도와주고 있는 말리스한테나 가 볼까? 우리도 좀 도와줄 수 있을 것 같은데."

그러자 자파르가 의아한 표정으로 물었다.

"우리 축구하러 가는 거 아니었어?"

"풋볼이라니까. 그것도 다음에 하긴 해야지. 그런데 애비가 하는 프로젝트에 관심이 가서."

"진짜? 도대체 왜?"

자파르는 고개를 갸우뚱하며 물었다. 아눕은 얼굴이 붉어졌다.

"애비가 하는 프로젝트니까."

자파르는 생각해 보는 것 같았다. 그러고는 몇 초 후에 대답했다.

"그래, 가자."

애비는 친구들을 따라 식당을 나섰다.

애비는 결코 보통 여자애들의 식탁으로 돌아가지 않을 것이다. 요구르트를 더 많이 사물함에 뿌려 놓는다 해도. 크리스틴과 조지아가 그동안의 행동을 사과하며 돌아와 달라고 애걸한다 해도. 애비게일 워커는 아늅과 자파르와 함께, 도사와 함께, 왜 축구를 풋볼이라 불러야 하는지에 대한 길고 긴 대화와 함께 아주 잘 지내고 있다.

지금 이대로 아주 잘 지내고 있다.

20

 알고 보니, 자료 조사에 대한 말리스의 열정은 못 말릴 정도였다. 다시 애비가 앤더스네 농장을 방문하면서 가져간 조사 내용은 두꺼운 서류철로 묶을 만큼 많았다.

 월요일에 말리스는 적어도 스무 장이 넘는 종이를 애비에게 건넸다.

 "지나치게 자세한 건 아닌지 모르겠다. 내가 스트레스가 될 정도로 많은 내용을 작성해 드린 거면 말해 줘. 작은 일에도 스트레스 잘 받으시는 분인 것 같던데."

 아늡과 자파르 몫까지 묶은 조사 내용을 맺에게 건넬 때 애비도 그런 걱정이 들었다. 아늡이 건넨 것은 정성스런 요약과 그림까지 들어 있었고, 자파르 것은 땅콩버터가 묻은 자국이 있기는 했지만 놀라울 만큼 꼼꼼했다. 애비도 석 장을 보태며, 별 쓸모 없어 보이는 내용들 가운데서 중요한 정보를 건져 내는 실력이 쑥쑥 느는 기분을 느꼈다.

한편 말리스가 쓴 내용은 거의 책 한 권 수준이었다.

"너무 많이 조사하지는 말라고 제가 전해 줄 수 있어요. 동물을 정말이지 엄청 좋아하는 애라서 그래요."

말리스가 조사한 내용을 맷에게 건네며 애비는 말했다. 맷은 식탁에 앉아 있었다. 지난번 만났을 때보다 좀 더 정신이 맑아 보였고, 덜 슬퍼 보였다.

"난 뭐든 다 알고 싶어. 모든 동물들의 종류, 이모저모 사실들. 그땐 어땠을까를 생각해 봐. 루이스와 클라크가 탐험을 할 당시를 말이야. 모든 게 정말로 깨끗했을 거야. 정말로…… 정말로……"

"새로웠을 거라고요?"

앤더스가 해 준 이야기를 떠올리며 애비가 말했다.

"새로웠을 거야! 그래, 새로웠을 거야! 사람 손길이 닿지 않은 채로 말이야. 그저 기가 막히게 평화로웠을 거라고. 그런 평화로움 속에서 그 동물들이 돌아다니는 모습을 한번 떠올려 봐."

애비는 포식 동물이니 어미 곰과 둥지에 대한 공격이니 하는, 흥미롭지만 전혀 평화롭게 느껴지지 않는 사실들을 언급하기에 지금은 적당한 때가 아니라고 생각했다. 그래서 그냥 고개를 끄덕였다.

"여기도 평화로워, 맷."

거실에서 티브이를 보며 엉킨 말고삐를 풀고 있던 앤더스 할머니가 말했다.

"지금 여기는 평화롭다고. 언제쯤 그걸 믿을 거냐?"

"믿어질 때 믿지요, 엄마."

이렇게 대답하고 맷은 애비에게 미소를 지어 보였다.

"날 가만두질 않으셔. 잔소리, 잔소리, 잔소리."

"다 들린다!"

할머니가 외쳤다. 그러고는 좀 더 실내 공기에 맞게 목소리를 낮추어 이렇게 말했다.

"애비, 맷이 새로운 동물 목록을 작성해서 여기 소파 뒷벽에다가 압정으로 고정해 놨단다. 맷은 너희들 도움을 정말 고맙게 여기고 있어. 그렇지, 맷?"

맷은 고개를 끄덕이고 말했다.

"너희들 없었으면 못했을 거야."

그리고 애비가 건네준 자료를 훑어보며, 그 내용에 정신이 팔린 목소리로 말했다.

"이 내용들 정말 대단해 보이는구나, 애비게일."

거실에 있는 앤더스는 푹신한 파란색 안락의자에 앉아 무릎에 책 한 권을 올려놓고 있었다. 앤더스는 책을 들어 애비에게 보여 주었다. 《프레리도그: 동물 사회 속에서의 군집과 의사소통》.

"꽤 재미있어. 보니까 프레리도그들은 자기들만의 세상에서 사는 것 같아. 나랑 좀 비슷해."

애비는 물었다.

"너도 너만의 세상에서 살아? 앤더스월드? 디즈니월드처럼?"

농담이라는 걸 보여 주려고 애비는 미소를 지어 보였지만, 앤더스의 표정은 변함없이 진지했다.

"어느 정도는 그래. 이렇게 사는 아이는 나 말고 본 적 없어. 누나는 있어?"

애비는 못 알아듣는 척했다.

"홈스쿨링 하는 애들 주변에 많을걸. 우리 동네에도 여러 명 있어."

앤더스는 책을 덮었다.

"그래도……"

"그래도 그 애들은 짜증쟁이 할머니를 하루 종일 참아 줘야 하진 않을 거라고?"

앤더스 할머니가 끼어들어 물었다.

앤더스는 "맞아요. 그리고……" 하고 말하면서 부엌 쪽으로 고갯짓을 했다.

"맷 아저씨는 좋아지실 거야."

애비가 말했다. 실은 전혀 알 수 없었지만.

"두고 봐. 네 인생은 완벽히 평범해질 거야."

앤더스는 그다지 수긍하는 것처럼 보이지 않았다.

애비는 소파 근처로 다가가 맷이 새로 붙여 두었다는 목록을 찾아보려고 수많은 종이들을 훑어보았다. 앤더스가 다가와 애비 옆에 섰다.

"가끔은 자료 조사할 때 쓸 컴퓨터가 있으면 좋겠다는 생각도 들어. 그런데 컴퓨터가 있으면 아빠는 찾은 내용들을 이렇게 벽에 전부 붙여 놓지 않겠지? 벽에 다 붙여 놓으면 이렇게 멋진데 말이야. 이것 좀 봐."

앤더스는 한 그림을 가리켰다. 그림 밑에는 '레퍼스캄파니우스-흰꼬리산토끼'라고 적혀 있었다.

"아빠가 그린 거야. 멋지지?"

애비는 고개를 끄덕이며 자신의 방 벽에 공터의 새들과 들풀 그림이 이렇게 라틴어 이름을 달고 가득 붙여 있는 모습을 상상해 보았다. 라틴어 이름은 품위가 있다. 모든 풀들은 저마다 라틴어 이름을 가질 만하다.

새로운 목록을 찾은 애비는 그것을 떼어 냈다. 목록은 캐롤라이나잉꼬, 캐나다산갈가마귀, 들종다리, 미시시피솔개 등으로 시작되었다. 새들이다! 애비는 앤더스에게 말했다.

"이제 새들이야!"

애비는 배를 집어넣고 좀 더 꼿꼿이 섰다. 새에 대해 잘 아는 사람이 있다면 그건 애비게일 워커다. 사실상 전문가나 다름없었다.

맷이 외쳤다.

"그 목록에 설치류도 있다. 난 뭐든 다 알고 싶어! 조사할 때 세부 사항도 생략하지 말아 줘!"

애비는 명랑한 목소리로 답했다.

"네, 빠짐없이 할게요!"

"세세한 내용들을 정말 좋아하시더라고."

그날 오후 집에 돌아온 애비가 말리스에게 전화를 걸어 이 사실을 알렸기 때문에, 다음 날 아눕, 자파르와 점심을 먹은 후 컴퓨터실에 갔을 때, 검은꼬리프레리도그에 대한 조사 내용을 몇 장씩이나 출력하고 있는 말리스 모습을 보고도 애비는 놀라지 않았다. 말리스는 말했다.

"동면을 안 한대. 대부분의 프레리도그가 동면을 하는데 검은꼬리프레리도그만 하지 않는대. 이상하지 않아? 지금 그 이유를 알아보려는 참이야."

"설치류였구나! 여기 딱 적혀 있어. 난 개과인 줄 알았는데."

말리스의 어깨 너머로 조사 내용을 읽으며 자파르가 말하자, 아놉은 대꾸했다.

"내가 보기에는 큰 쥐같이 생겼는데. 쥐보다 좀 더 잘생겼긴 하지만."

그러자 말리스가 웃었다. 말리스는 웃을 때 완전히 다른 사람 같아 보였다. 우선 보조개가 생겼고, 눈에는 보기 좋은 잔주름이 생기면서 컴퓨터에 앉아 있거나 복도를 걷고 있을 때보다 눈동자가 훨씬 파랗게 보였다. 지금의 모습이 예쁘다고 하긴 어렵지만 언젠가는 예뻐질 거라 애비는 확신했다. 그런 사람들이 있다. 나중에 어떻게 변할지 눈에 그려지는 사람들.

"내 사물함까지 같이 갈래?"

애비는 말리스에게 제안했다. 점심시간에 혼자 복도에 있고 싶지 않았기 때문이었다. 하지만 다시 여자아이와 친구가 되면 좋겠다는 마음도 있었다. 애비는 이제 그럴 준비가 됐다고 생각했다.

"우선 이것 좀 다 챙기고."

말리스는 프린터에서 나온 출력물들을 깔끔하게 한 더미로 모았다. 그리고 애비를 보며 물었다.

"화장실에 먼저 가도 될까? 나 치실질을 좀 해야 되거든."

"치실?"

애비는 학교 화장실에서 치실질을 하는 사람이 있는 줄 몰랐다. 말리스는 얼굴이 붉어졌다.

"우리 아빠하고 약속한 게 있어서. 매끼 밥 먹고 난 다음에 치실을 쓰기로 했거든. 아빠는 치실을 안 써서 작년 내내 치아에 보철을 열 개나 하셨어. 그래서 치아 관리에 좀 집착하셔."

그러자 자파르는 말했다.

"그냥 했다고 하면 되잖아. 네가 치실질을 했는지 안 했는지 아빠가 어떻게 아시겠어?"

"내가 쓴 치실을 아빠한테 보여 줘야 돼. 그래, 알아. 더러운 거. 하지만 말했듯이 아빠가 집착하시는 면이 좀 있어."

애비가 따뜻하게 말했다.

"아빠가 그만큼 널 생각하신다는 건 좋은 거지."

말리스가 미소를 지었다.

"그래, 나도 그렇게 생각해. 우리 아빤 좋은 아빠야. 그냥 썩은 이가 좀 많을 뿐이지."

그리고 아눕은 말했다.

"음, 우리가 여자 화장실에 같이 갈 수는 없으니까, 우린 애들 풋볼 하는 곳으로 가 볼게. 가자, 자파르. 오늘은 토머스한테 게

임을 제대로 하려면 어떻게 해야 하는지 보여 줄 테다."

애비와 말리스는 컴퓨터실을 나가는 두 남자아이를 바라보았다. 말리스는 애비에게 물었다.

"풋볼?"

"축구 말이야. 우리 말곤 다들 풋볼이라고 부른대."

말리스는 한숨을 쉬고 말했다.

"아, 난 축구가 싫어. 엄마, 아빠가 나 네 살 때부터 축구를 시켰거든. 난 운동 경기는 대체로 싫어. 야구만 빼고. 넌 야구 좋아하니?"

이렇게 묻는 말리스의 얼굴에 기대가 담겨 있었다. 애비는 생각해 보았다.

"그런 것 같은데. 적어도 야구를 싫어하진 않아."

말리스는 미소를 지었다.

"좋았어. 그거면 돼."

21

 방과 후 집에는 아무도 없었고, 애비는 부엌에서 봉지를 하나 집어 들어 포도 한 줌을 넣고 찬장에서 꺼낸 통밀 크래커 한 통도 넣었다. 물 한 병과 게이브 방에서 찾은 동물책도 넣고는, 전부 자신의 책가방 속에 집어넣었다. 문을 나서려는 찰나에 전화벨이 울렸다.
 "애비냐? 아빠다. 사무실로 물 몇 병만 가져다줄래? 오늘 생수가 배달되어 오기로 했는데 아직 오질 않네. 두 병이면 된다."
 냉장고에서 물병을 집어든 애비는 부엌 뒷문으로 나가 아빠 사무실로 통하는 계단을 올라갔다. 아빠가 일하는 동안 방해받는 걸 싫어하기도 하거니와 애비에겐 아무런 재미도 없는 곳이기 때문에, 평소에 애비는 그곳에 올라가는 일이 거의 없었다.

티브이도 없고, 달랑 한 대 뿐인 컴퓨터는 언제나 아빠가 사용하는 중이었다. 한때는 수족관이 있어서 들여다보며 놀기도 했지만, 물고기들이 무슨 병엔가 걸려 모두 죽고 만 후론 그럴 일마저도 없었다.

맨 위 계단에 가방을 내려놓고 애비는 문을 두드렸다.

"물 가져왔어요, 아빠."

"들어와라. 전화 받는 중이다."

아빠는 머리엔 헤드셋을 쓰고 두 발을 책상에 걸친 채 의자에 기대어 앉아 있었다.

"그냥 책상 위에 두면 돼. 고맙다."

아빠는 온통 종이로 뒤덮인 책상 위 빈 곳을 고개로 가리키며 작게 말했다. 그리고 헤드셋 마이크에 대고 말했다.

"아, 제 딸아이가 마실 걸 좀 가지고 와서요. 하루 종일 이 일 저 일 시달리면서 정신없이 일하고 나면 목이 마른 법이지요."

애비는 참 나, 하는 표정을 지었다. 아빠가 하는 일은 컴퓨터 소프트웨어를 만들어 파는 일이었다. 월 스트리트의 잘나가는 사업가가 아니었다. 그렇지만 스스로 사업체를 세워 운영하는 아빠는 꽤 대단하다고 애비는 생각했다. 아무나 할 수 있는 일은 아니라고.

"됐다, 고맙다."

아빠는 애비에게 나가도 된다는 손짓을 하며 작게 말했다. 애비도 손을 들어 인사하고 나가려다가, 문 근처 벽을 가득 메운 가족과 친구들의 사진 액자가 눈에 들어와 잠시 멈춰 섰다. 아빠는 그 사진들을 '범죄자 사진 대장'이라고 장난스럽게 불렀다. 고등학교 미식축구 스타였던 시절의 아빠 사진이 있었고, 할아버지 할머니의 결혼식 사진도 있었다. 부활절을 맞아 잘 차려입은 세 살 때 애비의 사진도 있었고, 작년 여름 해변에서 찍은 존과 게이브 사진도 있었다. 존은 모래에 묻혀 목만 쏙 내놓고 있고, 게이브가 그런 존의 가슴 부근에 한쪽 발을 올리고 있는 사진이었다.

작년 바닷가에서 찍은 사진들은 애비가 처음 보는 사진들이었다. 거대한 양산 아래 멕시코 풍인가 싶을 만큼 커다란 모자를 쓰고 코에는 선크림을 덕지덕지 허옇게 바른 엄마의 모습을 보며 애비는 미소를 지었다. 심지어 항상 찍는 역할을 맡기 때문에 사진 속에 들어가는 일이 드문 아빠가 찍힌 사진도 한 장 있었다. 허리까지 바닷물에 잠긴 채 해변을 향해 손을 흔들고 있는 모습이었다.

하지만 애비 사진은 보이지 않았다. 애비는 바닷가에서 찍은 사진들을 모두 살펴보았지만, 자신의 사진은 한 장도 없다는 사실을 깨달았다. 그러고 보니, 최근의 애비를 찍은 사진이 전혀 없었다. 찾아보고 또 찾아보았지만, 가장 최근 사진은 4학년 때의 사진이었고, 그 사진 속 애비는 어느 의자 뒤에 서 있어 상체밖에 보이지 않았다.

애비는 수화기 너머의 사람이 한 말에 웃고 있는 아빠를 바라보았다. 아빠는 이 벽에 애비의 최근 사진이 없다는 것을 알고 있을까? 우연일까, 아니면 일부러 그런 것일까? 아빠는 애비가 살을 좀 뺄 때까지는 내 갤러리에 사진을 넣지 말자, 하고 생각한 것일까?

뭐, 좋아요, 좋아! 애비는 두 손을 허리에 얹은 채, 자신을 전혀 의식하지 않고 있는 아빠를 노려보았다. 넘쳐흐르는 눈물을 쓱 닦아 버렸다. 좋다고요! 마음대로 하시라고요!

애비는 다시 벽을 향해 돌아서서 다섯 살 때 조랑말을 타고 찍은 자신의 사진을 떼어 냈다. 그리고 부활절 사진, 3학년 때 학교에서 찍은 사진, 여섯 살 때 산타 할아버지의 무릎에 앉아 찍은 사진까지.

"좋아요, 좋아. 좋다고요."

애비는 혼잣말을 했다.

"애비! 그게 뭐하는 짓이냐!"

아빠가 화난 목소리로 말했지만, 애비는 대답하지 않았다. 마지막으로 2학년 소풍에서 회전목마를 타고 찍은 사진을 뜯어낸 애비는 사무실 문을 박차고 나가 버렸다. 문 밖에서 애비는 모든 사진들을 가방에 쑤셔 넣었다. 문 너머로 아빠에게 으르렁거리듯 말했다.

"아빠 하고 싶은 대로 하세요. 난 상관없으니까!"

물론 상관있었다. 그리고 그런 스스로의 마음을 모르지 않았다. 누군가가 주먹으로 배를 친다면 기분이 어떨까? 아빠의 행동이 바로 그런 것이다. 아빠는 애비의 배에 주먹을 날렸다. 그게 아프다는 걸 아빠는 모를까?

어떻게 사람이 그걸 모를 수가 있나?

밖에는 10월이 찾아왔다. 길 건너편 공터의 모든 것들이 죽어간다는 것을 알고 있었지만, 그곳에 씨앗들이 남아 있다는 것도 알고 있었다. 조금만 걸음을 내딛어도 씨앗들은 애비의 몸에 달라붙어, 다음 해 봄에 뿌리 내릴 좋은 흙 한 줌이 있는 곳이라면 어디라도 옮겨간다.

오후는 춥지 않고 선선했다. 무언가 하기에 완벽한 날씨인데…… 뭘 해야 하나? 애비는 가방을 내려놓고 의자를 폈다. 통밀 크래커를 하나 꺼내 입에 물었다. 부드러운 바람 속에서 풀들이 조용히 바스락거렸다. 무언가가 몸을 가득 채우는 것 같은 느낌이 들었다. 뭘까? 헬륨 가스 혹은 한 줄기 햇빛 같기도 했다.

조심하지 않으면 자신도 모르게 뱅글뱅글 돌며 춤을 출지도 몰랐다. 애비는 웃음을 터뜨렸다. 거기다 정말로 몇 바퀴 돌기까지 했다. 가방 속에 있는 사진들을 생각하며 더 크게 웃었다. 아빠는 도대체 자신이 뭐라고 생각한 걸까? 몸무게 감시관?

세 번째 바퀴를 돌며 조금 어지럽다고 느끼던 찰나, 월러스와 얼굴이 마주쳤다. 헬륨 가스가 찬 느낌이 짜릿하게 전기가 통하는 느낌으로 변했다.

"무슨 일 있어?"

애비는 월러스에게 물었다. 월러스는 마치 애비가 자신에게 관심을 보이는지 확인이라도 하듯 잠시 가만히 있더니, 몸을 돌려 공터 뒤편의 울타리 쪽으로 나아갔다. 높이 쳐든 꼬리를 흔들며. 따라오라고 말하는 것 같았지만, 도대체 왜? 어쩌면 개울에서 앤더스가 기다리고 있을지도 모른다. 아니면 농장에 무슨 일이 일어났을지도. 애비는 책가방을 집어 들고 종종걸음으로 월러스를 뒤따라갔다.

개울에 다다르자 월러스의 속도가 더 빨라져서 애비는 뛰어가야 했다. 들판으로 가는 언덕길을 절반쯤 올라갔을 때, 애비는 또 이상한 기분을 느끼기 시작했고 그러다 깨달았다. 정말 신기하고 말도 안 되는 일이지만, 이젠 달리기가 그렇게까지 괴롭지 않다는 것을 말이다. 폐가 불타는 느낌도 없었고 숨이 막히지도, 토하고 싶지도 않았다.

이 소식을 클라우디아에게 전해 주고 싶다! 지금 이 순간 클라우디아가 곁에 있었으면. 아니면 말리스가. 손을 잡고 함께 빙글빙글 돌 누군가가 있었으면 좋겠다. 애비가 언덕을 뛰어서 올랐는데도 죽을 것처럼 괴롭지 않다는, 이 말도 안되는 상황에 깔깔대며 함께 웃을 사람이.

농장에 도착했을 때 애비는 헐떡이고 있었다. 하지만 월러스는 그렇지 않았다. 월러스는 현관 맨 위 계단에서, 마치 들판을 좀 거닐다 온 양 차분하게 애비를 보고 있었다. 애비는 쏘아붙였다.

"잘난 척하기는."

애비는 현관문을 두들겼다. "들어와!" 하는 할머니의 목소리가 들리거나 앤더스가 창문 밖을 내다보길 기다렸다. 애비는 잠시 그렇게 서 있었다. 차를 대 놓는 곳을 살펴보았다. 승용차는 없었지만 트럭은 있었다. 현장 학습을 나갔을 수도 있다. 장을 보러 갔을 수도.

애비가 그만 떠나려는 순간, 문이 딸깍 하고 열렸다. 돌아보니 방충망 달린 문 뒤 그늘진 출입구에 맷이 서 있었다.

"앤더스는 감기 때문에 주사 맞으러 갔는데. 기다리고 싶으면, 30분 쯤 뒤에 올 거야."

맷을 혼자 두고 갔다는 건가? 몇 분 정도라면 모를까, 할머니와 앤더스는 절대 맷을 집에 혼자 두지 않는데. 그래선 안 된다는 생각이 들었다. 맷이 갑자기 우울한 감정에 빠지면 어떻게 해? 누군가 자기를 쫓아온다고 생각하면?

"제가 같이 있어 드릴까요?"

얼굴을 붉히며 애비는 이렇게 물었다. 고작 열두 살짜리 여자 아이가 어른에게 같이 있어 줄까 하고 묻다니. 멍청한 아이라고 생각할지도 모른다. 하지만 달리 할 수 있는 게 없었다. 애비는 그냥 밀고 나갔다.

"아저씨는 어떠신지 모르겠지만, 저는 혼자 있는 게 싫을 때가 있거든요. 좋을 때도 있지만요. 음, 그러니까, 아저씨 마음이라고요."

맷은 어깨를 으쓱했다.

"난 괜찮다. 오늘 주치의를 만났거든. 주치의를 만나는 날에는 항상 기분이 좋아."

애비는 월러스를 바라보았다. 월러스도 애비를 쳐다보았다.

"그럼, 다들 돌아올 때까지만 기다릴게요."

애비는 할머니의 차가 나타나길 바라며 길 쪽을 보았다. 왜 맷을 혼자 두고 간 거야! 맷은 현관 밖으로 한 걸음 나왔다.

"기다리고 싶으면 그래도 되지만, 나는 괜찮으니까 꼭 그럴 필요는 없다. 나는 정말로 괜찮아. 다들 걱정이 너무 많아."

"아, 걱정하는 거 아니에요."

애비는 말했다. 돌아가고 싶지만 그러면 안 될 것 같다고 느끼며.

"걱정할 이유가 뭐 있겠어요? 그냥 앤더스 기다리고 싶어서요. 제가, 그러니까 저기…… 앤더스한테 할 말이 좀 있어서요."

맷은 웃음을 터뜨렸다.

"아기처럼 돌봐 주려고 할 필요 없다니까, 애비게일."

애비는 주머니에 손을 찔러 넣으며 뒤로 물러나려는 듯이 발꿈치에 힘을 주었다. 자신이 바보같이 느껴졌다. 맷은 어른이다. 자신을 돌봐 줄 어린아이는 필요 없다. 하지만 맷이 다른 어른들과는 다르다는 사실을 애비는 다시 떠올렸다. 그는 깨진 조각을 모아 풀로 다시 붙여 둔 컵과 비슷했다. 잘 붙어 있을지도 모르지만, 그러지 않을지도 모르는.

"약도 잘 먹고 재향군인병원 주치의와 매일 상담도 해. 요즘은 정말 안정된 상태로 잘 지내고 있단다. 나아지고 있어."

그는 잠시 조용히 있다 이렇게 말했다.

"말 구경하러 갈래? 여기 있을 거면 말이다."

애비는 그를 빤히 바라보았다. 말 구경? 맷이 말을 구경시켜 준다고?

"주치의가 나더러 다시 말들에게 마음을 열어 보면 좋을 거라고 했거든."

 맷은 현관 발코니 난간 위에 놓인 제라늄 화분에서 마른 갈색 잎 하나를 뜯어 손가락으로 구겼다.

 "러커스 알지? 루이스라는 여자아이가 타던 말."

 애비는 고개를 끄덕였다.

 "그 녀석이 원래 내 말이었어. 윌리스를 키우기 시작했을 무렵에 그 녀석도 데려왔지. 이제 나이가 들었어. 항상 날 태우고 달렸는데 말이야."

 "왜 승마를 그만두셨어요?"

 맷은 앞만 보며 말했다.

 "이라크에 있을 때……"

 그가 말을 잠시 멈추었다.

 "그냥 상황이 안 좋았다. 굉장히 나쁜 일이 일어났어. 그게 말과 관련된 일은 아니었지만, 말을 보면 어떤 자극이 일어나. 내가 아무것도 통제할 수 없다는 기분 말이야. 그곳에서 느꼈던 무력감이 다시 나를 사로잡는 거지. 주치의 말로는 아무튼 그렇다더구나. 그곳에서 굉장히 무서웠단다, 애비게일. 항상 무서웠어. 미칠 지경이었지. 그리고……"

 맷은 눈을 비볐다.

 "그리고 많은 일들이 있었어. 많은 나쁜 일들이. 하지만 나는 이제 나아지려고 노력하고 있단다."

맷은 애비를 보곤 미소를 지었다.

"언젠가는 그렇게 되겠지, 애비게일?"

월러스가 마구간을 향해 앞장섰다. 맷이 마치 할아버지처럼 뻣뻣한 걸음걸이로 걸어서, 애비는 손이라도 뻗어 부축해 주고 싶었다. 어른에게 이런 기분을 느낀 적은 한 번도 없었다. 거꾸로 애비가 어른처럼 다 괜찮다며 안심시켜 주어야 할 것 같은 기분이다.

마구간 문 앞에서, 맷이 애비를 보며 말했다.

"이번 주에 러커스를 매일 데리고 나왔어. 주치의가 시킨 대로 말이야. 그 녀석은 굉장히 차분해. 사실, 이제 앤더스한테 러커스를 타게 허락해 주려던 참이다."

잠시 생각하는 듯하던 맷이 이렇게 말했다.

"러커스 상태가 굉장히 좋아. 그러니까 혹시 너도 타고 싶으면 타게 해 주마. 네가 쓸 만한 서부식 안장도 있고."

"아, 전 잘 모르겠어요."

애비는 자신의 거절이 밝은 말투로 들리길 바랐다. 맷이 자신에게 러커스를 타 보라고 권유하고 있다는 사실이 믿어지지 않았다. 애비 생각에, 말을 타라는 얘기는 결코 하지 않을 테니 유일하게 안심할 수 있는 사람이 맷이라고 생각했는데. 태우려면 앤더스를 태워야지. 애비와는 달리 앤더스는 말을 탈 줄 아니까. 앤더스가 이제 말을 타도 된다는 허락을 받는다고 해서, 애비까지 말에 올라야 하는 것은 아니다.

"전 별로 타고 싶지 않은데요."

맷은 애비의 어깨에 손을 올렸다.

"겁낼 건 하나도 없다, 애비게일. 러커스가 널 태우고 도망가 버리진 않아."

그리고 맷은 미소를 지었다.

"정말이야. 나는 러커스를 믿어. 내가 내내 고삐를 잡고 있을 거고."

애비는 고개를 젓고 싶었다. 자신은 말을 탈 만한 아이가 아니라는 것을 어떻게 맷에게 이해시킬 수 있을까? 다른 사람도 아닌 맷은 마음이 통할 줄 알았다. 말은 커다란 동물이고 사람들은 그 위에서 떨어지기도 한다. 바로 그 때문에 여태 앤더스에게 말을 못 타게 하지 않았나?

하지만 이제는 말을 믿는다는데. 애비는 생각했다. 그건 대단한 발전이야. 바로 몇 주 전과는 완전 정반대잖아. 애비는 자신이 러커스의 등에 오른다면, 맷이 나아지는 데 도움이 될지도 모른다는 생각이 들었다. 이제 안전한 장소에 도달했다는 것을 깨달을지도 모른다.

애비는 트럭 폭파에 관한 기사를 생각했다. 폭발 때문에 몸이 공중으로 떠오른다는 것은, 화염에 온통 둘러싸인다는 것은 어떤 경험이었을까? 그런 일을 겪고도 다시 안전하다는 기분을 느낄 수 있을까? 분명 많이 애써야 할 것이다. 오랜, 아주 오랜 노력이 필요할 것이다.

애비는 배를 집어넣었다.

"떨어질까 봐 좀 무섭기는 한데, 한번 시도해 볼게요."

애비의 의도보다 목소리가 더 크게 나왔다. 맷은 고개를 끄덕였다.

"시도하는 건 좋은 거지."

애비는 맷을 따라 마구실로 들어갔고, 맷이 굴레를 찾으면서 승마에 관해 이야기해 주는 모든 내용에 주의 깊게 귀를 기울였다. 안장을 무릎으로 꽉 붙들어야 한다는 것. 한 손으로는 고삐를 잡고 한 손으로는 안장 뿔을 잡아야 한다는 것. 애비는 숨을 고르게 쉬면서 난데없이 화장실에 가고 싶은 기분을 떨치려고 노력했다. 야단났다.

"러커스가 처음 왔을 때 난 막 고등학교를 졸업했어."

맷은 안장을, 애비는 굴레와 고삐를 들고 함께 마구간으로 향하며 맷이 애비에게 말했다.

"사실 서부 쪽으로 가서 목장에서 일하면 어떨까 생각해 보기도 했지."

"왜 안 가셨어요?"

애비는 복도에 서서 러커스의 방으로 들어간 맷에게 물었다. 맷이 등에 안장을 올리자 러커스는 몇 걸음 뒤로 물러섰고, 덩달아 애비도 물러섰다.

"평화봉사단에 입단했거든."

맷은 이렇게 대답하고는 러커스의 엉덩이를 토닥거리며 "괜찮아, 괜찮아." 하고 말했다.

맷은 몸을 숙여 말의 몸통에 두른 안장 끈을 좀 더 단단히 맸다. 목소리는 긴장한 것처럼 들리지 않았지만, 애비에게는 약간 더듬거리며 끈을 만지는 그의 손이 보였다.

"평화봉사단에서 활동하다 케냐에서 앤더스 엄마를 만났지. 그 활동이 끝난 후에 군대에 들어갔고. 평화에 관해서는 일을 해 봤으니까 참전도 한번 해 보자고 생각했던 거야."

"정말요?"

참 희한한 소리다!

맷은 마지막으로 줄을 한번 당겨 보곤 애비에게 고삐와 굴레를 건네 달라고 손짓했다.

"아니."

맷은 웃었다.

"군대를 제대하면 대학 등록금을 준다기에 간 거야. 그런데 난 제대하질 않았어. 계속 군대에 있었지. 앤더스는 독일에서 태어났는데, 그 애가 이야기하던?"

애비는 고개를 저었다. 갑자기 앤더스에 대해 별로 아는 게 없다는 사실을 깨달았다. 생일이 언제인지, 저녁 먹을 땐 어떤 음식을 좋아하는지 따위를 말이다.

"거기서 태어났지. 거기 살 때 우린 여행을 참 많이 다녔어. 아주 좋았단다."

맷은 굴레를 말 머리에 걸치고는 부드럽게 말의 입을 벌렸다. 러커스는 반항했지만 결국 재갈을 입에 물었다. 맷은 애비를 보았다.

"그래, 이제 오를 준비가 됐니? 아까도 말했지만 러커스는 굉장히 타기 쉬운 녀석이야. 조금도 겁낼 것 없어."

이것이 애비를 설득하기 위한 말인지, 아니면 맷 자신을 설득하기 위한 말인지 애비는 궁금했다.

"준비됐어요."

정말로 준비가 되었는지 알 수는 없었지만 이렇게 대답했다. 맷이 애비를 안장에 앉혀 주었고, 애비는 자리를 잡으며 눈을 감았다. 조금 어지러웠다.

"러커스는 키가 몇 핸드7예요?"

여전히 눈을 감은 채 애비는 물었다. 그 답을 정말 알고 싶은지 모르겠다고 생각하며.

"15핸드야. 굉장히 크지. 자, 이제 내가 너희들을 몰고 가마. 꼭 잡아라."

애비는 한 손으로는 고삐를 쥐고 다른 손으로는 안장의 뿔을 붙들었다. 애비를 태운 러커스는 부드럽게 움직였고, 말발굽이 바닥에 닿아 타가닥타가닥 소리를 냈다. 애비는 러커스에겐 맷에 비해 제 무게가 가볍겠다는 생각이 들었다. 애비는 몸을 곧게 펴고 눈을 떴다. 갑자기 무척이나 생소한 기분이 들었다. 처음으로, 자신이 딱 적당한 체격 같다는 기분.

"원하는 만큼 내가 이끌고 가 주마."

맷은 애비에게서 고삐를 건네받았다.

"그러다가 네가 혼자 조금 타 보고 싶으면 그래도 돼. 어느 방향으로 가고 싶은지를 고삐로 러커스에게 알려 주면 되고, 조금 더 속도를 높이고 싶으면 발로 살짝 차면 된다. 그냥 걸어 다니게만 해도 되고. 지금 이 속도보다 더 빨리 갈 필요는 전혀 없어."

애비는 안장에서 꼿꼿이 허리를 펴고 주위를 둘러보았다. 그러자 드러눕고 싶어졌다. 너무 높다! 땅은 한참이나 멀어 보였고, 혹시 떨어지기라도 한다면 자신의 몸은 산산조각이 날 것이었다.

하지만 떨어지지 않아. 애비는 스스로에게 말했고, 그것이 사실이라는 것을 깨달았다. 엉덩이가 미끄러지지도 않았다. 애비는 러커스가 아프지 않길 바라며, 두 무릎으로 러커스의 옆구리를 조금 더 세게 조였다. 하지만 러커스는 걱정할 여지조차 주지 않고 안정감 있게 타가닥타가닥 걸어 나갔다.

애비는 기쁨에 찼다. 떨어지지 않는구나! 내가 말을 타고 있어!

맷은 가끔씩 애비를 뒤돌아보고 미소를 지으며 러커스와 애비를 들판으로 몰고 갔다.

"잘하고 있다. 타고났구나."

애비는 정말로 타고난 것처럼 느껴지진 않았지만, 그렇다고 영 가망 없는 것처럼 느껴지지도 않았다. 울고 싶지도, 토하고 싶지도, 내려 달라고 애걸하고 싶지도 않았다. 애비의 기분은…… 괜찮았다. 키가 커진 기분이었다. 그렇게 얼마 동안 괜찮고 키가 커진 기분을 느끼며 앉아 있던 애비는, 그보다 조금 더 커진 기분을 느껴 보고 싶었다.

"저 혼자서 한번 타 보고 싶은데요."

목소리가 조금 떨렸다. 애비는 다시 말했다.

"저 혼자서 한번 타 보고 싶어요."

맷이 천천히 고개를 끄덕였다.

"응, 그래, 알았다. 정말 그러고 싶은 거지?"

애비는 고개를 끄덕였고 맷은 애비에게 고삐를 돌려주었다.

"내 도움이 필요할 경우에 대비해서 나는 여기에서 보고 있으마. 네가 가고 싶은 만큼 가 봐라."

애비는 러커스의 옆구리를 발꿈치로 살짝 두드렸다. 러커스는 다시 천천히 걷기 시작했다. 애비는 깊은 숨을 쉬고는 러커스의 옆구리를 한 번 더 찼다. 애비는 그 이상을 원했다. (너무 많이는 아니고, 조금 더.) 러커스의 걸음이 빨라졌을 때, 애비는 마치 놀이터에서 그네를 타고 높이 떠올랐을 때처럼 뱃속이 붕 뜨는 기분을 느꼈다. 나는 것 같아. 행복에 젖은 채 애비는 생각했다. 지금 러커스의 움직임이 달리는 것과는 거리가 멀다는 걸 알고 있지만 말이다. 무슨 상관이람? 날겠다고 해서 꼭 시속 100킬로미터로 달려야 하는 건 아니다.

10월의 해가 저물어 가는 들판을 러커스와 함께 총총히 나아가며, 애비는 다시 헬륨 가스가 차오르는 기분을 느꼈다. 고개를 젖히고 소리 내어 웃었다. 이대로 영원히 탈 수도 있을 것 같았다. 내리고 싶지 않았다. 애비는 얼마나 오래 탔는지도 모를 정도로 나아가고 또 나아갔다.

애비가 방향을 바꾸어 다시 돌아온 것은 들판에 홀로 서 있을 맷이 떠올랐기 때문이었다. 가까이 다가갔을 때, 맷은 울고 있었다. 애비의 심장이 세게 뛰기 시작했다. 도대체 왜 울지? 모든 게 좋았는데! 지금까지 맷은 멀쩡했는데! 애비가 멀어진 사이에 무슨 일이 생긴 걸까? 맷은 러커스가 애비를 태우고 달아나 버렸다고 생각한 걸까? 아니면 애비를 내팽개쳐 버렸다고? 애비는 공황 상태에 빠진 목소리로 외쳤다.

"전 괜찮아요! 정말로 괜찮아요! 러커스는 차분하게 움직였어요. 아저씨가 말하신 대로요."

맷은 젖은 얼굴을 팔등으로 훔치며 고개를 끄덕였다.

"안다, 괜찮다는 거. 당연히 괜찮지. 네 앞엔 모든 게 펼쳐져 있잖니. 모든 게 새롭고. 네 눈에는 세상도 아름답게 보이잖아."

"세상은 아름다워요."

손이 떨리고 무엇을 어떻게 해야 할지 생각나지 않을 정도로 머릿속이 하얗게 되었지만, 애써 차분한 목소리를 내며 애비가 말했다. 119를 불러야 하나? 흥분을 가라앉히자. 도움이 되도록 해 보자.

"러커스 좀 보세요. 아름답지 않아요?"

맷은 한참 러커스를 바라보았다.

"그래, 아름답지."

애비는 맷에게 손을 내밀었다. 맷이 손을 뻗어 잡았다.

"집 안에 들어가서 다들 돌아올 때까지 아저씨 시 작업 할까요? 아저씨가 그러고 싶으시면요."

애비는 진정된 맷을 보며 다행스러운 기분으로 말했다.

"그래."

대답하는 그의 목소리가 어린아이의 목소리처럼 느껴졌다. 애비는 맷에게 고삐를 돌려주었다.

"러커스는 정말로 편안하게 움직였어요. 아저씨가 얘기하신 대로요."

애비는 다시 한 번 말했다.

"러커스는 좋은 말이에요. 꼭 잡고 있기만 하면 되더라고요."

맷은 고개를 끄덕였다.

"맞아."

그들은 함께 마구간으로 향했다.

"조지 섀넌에 대해서 아세요?"

맷이 고개를 저었다.

"그 사람 얘기 진짜 재미있는데, 들어보실래요?"

"나한테 선택권이 있기는 하냐?"

맷은 웃으며 물었다. 애비는 맷의 목소리가 좀 나아졌다고, 조금은 어른의 목소리로 돌아온 것 같다고 생각했다.

"아니요, 그러니까 그냥 들으세요."

22

"어디 갔었니? 저녁 준비 거의 다 됐는데."

집에 돌아온 애비에게 엄마는 물었다.

"그냥 개울 주변 걸어 다녔어."

애비는 양파와 파프리카 냄새가 나는 부엌으로 들어가며 대답했다.

"소스 좀 저어 줄래, 애비?"

엄마는 부엌 조리대 위에서 노트북으로 무엇인가를 하고 있었다.

"무슨 개울? 이 주변에 개울이 있는 줄 몰랐는데."

"여기서 얼만큼 가면 있어."

애비는 가스레인지 위에 있는 나무 주걱을 쥐며 대답했다. 그리고 철제 냄비 안에서 보글거리는 액체를 저었다.

"그렇게 큰 개울은 아니지만, 그래도 그 주변에 멋진 바위가 좀 있더라고."

엄마는 컴퓨터에서 고개를 들었다.

"네가 자연을 좋아하는지는 몰랐네. 다행이다, 애비. 그리고 나도 너한테 전해 줄 좋은 소식이 있어."

애비는 주걱을 내려놓고 식탁에 앉았다. 엄마가 생각하는 좋은 것과 애비가 생각하는 좋은 것이 항상 같지는 않았다. 애비는 마음의 준비를 했다.

"너 금요일 밤에 크리스틴네 집에 초대 받았어! 가서 친구들이랑 하룻밤 자고 와!"

엄마는 마치 복권에 당첨되었다는 소식을 전하는 것 같았다.

"지난여름 이후로는 너 크리스틴네 집에서 자고 온 적이 없잖아. 다른 여자애들도 다 올 거래. 너도 보낼 거라고 하니까 크리스틴이 정말 좋아하더라."

말도 안돼. 정말이지 말도 안된다. 한밤중에 잠에서 깨면 침낭 가득 메뚜기나 개미, 혹은 그 둘 다를 넣어 두었을지도 모른다. 자는 동안 오줌을 싸게 만들려고 손가락을 물에 담가 놓을지도 모른다. 크리스틴은 그 유명한 '성격 개조' 쇼를 벌이기로 하고 희생자로 애비를 정해, 애비의 잘못된 점과 그걸 고칠 방법을 쓴 긴 목록을 낭독할지도 모른다. 절대로, 절대로 가지 않을 것이다.

하지만 가지 않겠다고 엄마에게 말하면, 엄마 얼굴에서는 모든 기쁨이 고갈되어 버릴 것이다. 엄마는 너무나 간절히 모두가 행복하기를, 모든 일이 순조롭기를 바란다. 열 살 때 언니가 죽는 일을 겪으면 그 이후로는 더 나쁜 일이 일어나지 않도록, 그 누구도 다시는 불행해지지 않도록 하는 데 집착하며 살게 되는지도 모른다. 하지만 애비는 생각했다. 그렇게 만드는 건 불가능해. 그리고 불공평해.

항상 모든 일이 순조로운 척해야 하는 것은 애비에게 불공평한 일이다.

그래서 애비는 말했다.

"크리스틴네 집에서 자고 싶지 않아. 나를 초대한 유일한 이유는 그 아이들이 다 같이 나를 괴롭히기 위해서야. 그 애들은 날 싫어해."

"그 애들은 널 안 싫어해!"

엄마는 외쳤다.

"넌 어떻게 그런 식으로 생각을 하니?"

엄마는 가스레인지로 다가가 냄비 속을 젓다가 애비에게 돌아섰다.

"애비, 네가 그렇게 느낀다니 나도 마음이 아프지만, 그건 정말로 사실이 아니야."

애비는 심호흡을 했다.

"엄마, 내 말 들어 봐. 그건 사실이거든."

갑자기 엄마는 화가 난 얼굴이 되었다.

"그만해! 네가 클라우디아를 보고 싶어 하는 것도 알고 단짝 친구가 이사 가 버려서 힘든 것도 알아. 그래도 새 친구들을 만들어야 되는 거야, 애비. 그리고 그 애들은 너랑 친구가 되려고 정말 열심히 노력하잖아. 그런데 너는 왜 등을 돌리니? 넌 친구가 필요해. 누구나 친구가 필요해. 그러니까 원하든 원하지 않든 너는 이 초대에 응하는 거야. 좋은 아이가 되도록 노력하는 거라고."

애비는 무어라 말해야 할지 몰랐다. 진실을 말하고 있는데 누구도 믿어 주지 않을 때는 어떻게 해야 하나?

조금 망설이다 애비는 말했다.

"안 가. 정말로 안 가."

엄마는 한숨을 쉬었다.

"그럼 아빠한테 이 일을 얘기해야 되겠니?"

애비의 어깨가 처졌다. 아빠는 애비가 가도록 만들고야 말 것이다. 아빠는 애비를 아래위로 훑어보며 "넌 친구가 더 필요해.

밖에 나가서 뛰어놀아야 되고. 그래야 살이 빠진다." 하는 말이나 할 것이다.

"아니."

애비는 침울하게 대답했다.

"정말 좋은 시간이 될 거야, 애비!"

한순간에 엄마는 이전의 명랑한 태도로 돌아왔다. 모든 것이 행복하고, 모두가 사이좋다. 그것만이 중요하다.

애비는 자리를 박차고 부엌에서 나갔다. 할 수 있는 만큼 세게 발소리를 내며 계단을 올라갔다. 자신이 얼마나 화가 났고 얼마나 짜증이 났으며 얼마나 오해 받고 있는지를 쿵, 쿵, 쿵, 걸음걸음마다 표현하며. 방에 도착한 애비는 침대에 몸을 던지고 퍼드를 노려보았다.

"내가 가면, 너도 같이 가는 거야."

애비는 퍼드에게 말했다. 퍼드는 당황스러움이 역력한 표정으로 애비를 보았다.

애비는 엎드려 《불굴의 용기》가 아래쪽을 향해 펼쳐져 있는 침대 옆 바닥으로 손을 뻗었다. 흥. 책을 함부로 둔다고 늘 나무라는 엄마의 잔소리가 생각났다. 애비는 책을 집어 들며 높고 가느다란 목소리로 날카롭게 말했다.

"책등이 망가지잖아. 책등이 망가진다고."

애비는 침대에 누워 책을 읽으려고 해 보았다. 애비에겐 여전히 그 책의 많은 부분들이 지루했지만, 그런 부분들을 건너뛰고 재미있는 부분을 찾아낼 줄도 알았다. 애비는 루이스 클라크 탐험에 참여한 사람들이 용기를 내어 미지의 땅을 여행하고 원주민들과 친구가 되려고 노력한 것이 좋았다. 그리고 조지 섀넌에 대해 생각하는 것이 좋았다. 애비가 그 탐험에 참여했다면 분명 그와 친구가 되었을 것이다. 조지 섀넌과 함께라면 자꾸만 길을 잃게 된다고 해도 상관없을 것 같다. 모험 속에서 또 다른 모험이 펼쳐지리라.

"애비, 내려와! 엄마랑 얘기 좀 해!"

엄마는 분명 계단 아래에서 손을 허리에 짚고 서 있을 것이다. 애비는 조금 전 쿵쿵거리며 부엌을 나왔고, 쿵쿵거리며 걷는 행동은 이 집에서 허용되지 않았다. 착한 행동이 아니니까.

"너 크리스틴네 집에 가는 거야!"

애비는 대초원에 홀로 앉아 있는 조지 섀넌의 모습을 상상했다. 멀리서는 코요테의 울음소리가 들려온다.

애비는 외치고 싶었다. 조심해, 조지. 그들이 점점 다가오고 있어.

"내일 밤까지 어떻게 기다리지?"

다음 날 학교로 가는 버스에서 크리스틴은 재잘거렸다.

애비는 창밖을 보았다. 한때 초록빛이었던 들판이 갈색으로 변해가는 모습을 바라보았다. 그 여우가 어디에 있을까 궁금했다. 자신의 손을 보았지만, 피부엔 아무런 흔적도 남아 있지 않았다. 여우가 정말로 있긴 있었던 것일까.

"너 되게 조용하다."

점심시간에 아눕이 애비에게 말했다.

"다른 때도 특별히 시끄러운 건 아니지만, 오늘은 거의 한 마디도 안 했잖아."

애비는 아눕을 보았다. 자파르를 보았다. 이 아이들에게 그 얘기를 솔직하게 털어놓아도 괜찮을까? 말이 되는 이야기로 들릴까? 해 봐도 나쁘진 않을 것 같았다. 이 아이들 귀에도 애비가 말도 안 되는 얘기를 하는 것처럼 들리는지 알아볼 수도 있고.

"있잖아, 누가 나를 공격하려고 노리고 있다면, 믿겠어?"

"너를? 넌 착한 애잖아."

자파르가 못 믿겠다는 표정으로 대답했다.

"난 믿어."

아눕이 대답했다.

"뭐? 말도 안돼!"

자파르가 펄쩍 뛰었다. 아눕은 어깨를 으쓱했다.

"아는 대로 말하는 거야. 사람들은 잔인할 수 있어, 특히 여자애들은."

아눕은 애비를 보았다.

"기분 나쁘게는 듣지 마. 네 친구들 너한테 말을 안 걸던데 왜 그런 거야?"

"내가 그 애들한테 내 친구 아니라고 말했거든."

아눕은 잠시 생각해 보았다.

"그러면 말을 안 건다고 그 애들을 탓할 수 없겠네?"

"그렇지. 그런데 그쯤에서 그쳐 줬으면 좋겠어."

"너를 더 괴롭힐 계획을 하고 있어?"

아눕은 걱정스런 표정이었다.

"그런 것 같아. 신체적으로 괴롭히려는 건 아닌 것 같아. 그렇지만 나한테 뭔가를 하려고 해. 이미 내 사물함 안에 요구르트를 뿌려 놓은 적도 있어. 앞으로 뭘 더 하려는지 누가 알겠어."

"그럼 우리가 도와줄게."

"너희가 도와줄 수 있는 게 없는 것 같아."

애비는 이렇게 말하고 웃어 버렸다. 왜 웃기게 느껴지는지는 몰랐지만, 어쨌든 웃겼다. 자신은 고작 열두 살짜리, '어린아이'다. 아무도 도울 수 없는 문제를 지니기에는 너무 어린 나이다. 하지만 자신을 믿어 주는 유일한 사람들이 다른 '아이'들뿐이라면 무엇을 할 수 있을까?

혼란스러운 표정의 아눕을 보고, 애비는 미소를 지어 보였다.

"너희가 도울 수 있는 일이 생각나면 바로 말할게. 그런데 지금은 그냥 나 혼자 감당해야 할 것 같아."

아눕은 고개를 끄덕였다.

"알았어."

셋은 컴퓨터실에 가서 말리스를 만났고, 최근 조사한 동물들에 관해 이야기를 나누었다. 다들 새로 발견한 사실들이 있었다. 자파르는 울버린이 최소한 세 가지의 다른 이름, 즉 스컹크 베어, 카커주, 퀵해치로 불린다는 것을 알아냈다. 말리스는 비단풍금조가 사실상 홍관조의 일종이라는 조사 결과가 나오면서, 공식적으로 그렇게 재분류되었다는 사실을 들려주었다. 이 새는 원래부터 붉은색이었던 게 아니라 이 새들이 잡아먹는 벌레의 색 때문에 붉은 것이고, 그 벌레의 붉은 색은 그 벌레가 먹는 식물로 인한 것이라고 했다.

아눕은 회색곰은 일단 피하라는, 경험에서 나온 조언을 해 주었다.

다들 이 지혜로운 충고에 고개를 끄덕였다. 애비는 입고 있던 티셔츠 밑단에서 풀린 실 한 가닥을 뜯었다. 이런 내용들이 맷에게 도움이 될까? 그가 좀 더 나아지는 데, 시를 완성하는 데 도움이 될까?

실제로는 그다지 도움이 되지 못한다 해도, 자신을 돕고 싶어 하는 사람이 있다는 것을 아는 것만으로도 도움이 되는 걸까?

  애비는 친구들을 바라보았다. 자신의 친구들을. 그래, 그것만으로도 도움이 된다. 그날 오후 애비는 떡갈나무 뒤 수풀 사이에 앉아, 어쩐지 이 모든 일들을 불러온 게 아닌가 싶은 그 여우에게 외쳤다.

  "고마워."

  그리고 또 한 번.

  "고맙다."

23

 여우는 며칠 찾아 헤매야 할지도 모른다고 예상했지만 웬걸, 들판 여자아이의 의자 옆에, 마치 기다리고 있었던 것처럼 앉아 있는 개를 발견했다.

 여우와 개는 함께 여러 집 뒷마당을 지나고 수풀 속을 누비며 나아갔다. 잽싸게 길을 건너 구불구불한 숲길을 지나서 개울에 도착했고, 물결을 헤치며 개울을 건넌 다음 가파른 언덕을 올랐다. 언덕 위에서 멈춘 둘은 초원을 바라보았다. 멀리 한 남자가 황금빛 도는 커다란 갈색 말을 타고 있는 것이 보였다. 여우는 자신보다 덩치가 큰 동물들과는 거리를 두는 걸 원칙으로 삼았지만, 개가 말이 있는 방향으로 고갯짓을 했고 여우는 그 뒤를 따라 초원 쪽으로 갔다.

"월러스!"

남자가 외쳤고, 말의 속도를 늦추었다.

"너 어디 있었냐?"

그는 오른손에 고삐를 쥔 채 말에서 내리더니 그들을 향해 다가왔다. 여우는 나무 덤불이건 수풀 속이건 숨을 만한 곳을 찾아 둘러보았다. 하지만 풀을 깎은 지 얼마 지나지 않은 들판이었다. 마른 풀 더미가 둥근 그림자를 드리우며 여기저기 쌓여 있었다. 갈 곳이 없음을 깨달은 여우는 그 자리에 그대로, 조금도 움직이지 않고 서 있었다.

"누굴 데려온 거냐, 이 녀석아?"

남자는 가까이 다가오며 물었다.

"친구가 생긴 거야?"

거기서 그는 멈춰 섰다. 입을 열었다가 이내 닫았다. 그리고 속삭였다.

"여우?"

얼굴에 미소가 번지더니 그는 개를 보며 말했다.

"월러스, 너 여우 친구를 만들었구나. 아마 주변 20킬로미터 내에서 유일한 여우일 거다."

남자는 더 가까이 다가왔다. 여우를 좀 더 자세히 보기 위해 무릎을 꿇었다. 여우는 달아나고 싶었지만 개를 흘끔 보고서,

달아난다면 그게 실수가 되리라는 걸 알아차렸다.

"어디 보자. 붉은 여우라고 할 수도 있겠지만 붉은색이라기보다는 갈색에 더 가깝구나. 몸집은 작은 편이고."

그는 말을 멈추고 잠시 생각했다.

"설마, 너 벨록스여우는 아니지? 아니, 그럴 리 없지. 여기엔 있을 리가 없어. 그건 대초원의 여우고 사막에 사는 여우니까."

여우는 한 발짝 물러섰다. 여우의 숨이 빠르고 얕아졌다. 이 남자의 얼굴, 지금 너무나 가까이에 있는 이 얼굴을 여우는 알아볼 수 있었다. 이 얼굴을 기억했다. 여우가 매일 밤 보았던, 공중으로 떠오르면서 보았고 화염 속으로 떨어지면서 보았던 그 얼굴. 그때 여우 옆에 있었던 군인이……

바로 지금 여우의 앞에 있는 이 남자였다.

지금은 그때보다 나이가 들어 보였다. 공중에서 그를 보았을 때, 폭발로 둘의 몸이 튕겨 올라갔을 때, 그는 갓 성인이 된 듯 지금보다 훨씬 어린 모습이었다. 이제는 그의 눈 가장자리에 주름이 잡혀 있다.

어떻게 살아남았을까? 둘은 정말로 높이 떠올랐는데.

다리가 꺾인 채 쓰러졌다가 정신을 차려 보니 어느 풀밭 위였다. 공중에서 땅으로 팽개쳐진 것이다. 그리고 그 군인도 (그러니까 이 남자도) 어느 들판으로 떨어졌다.

둘은 모두 무사했던 것이다.

"믿을 수가 없구나."

그 군인은 다시 몸을 굽혀 여우의 얼굴을 들여다보았다.

"어떻게 여기까지 온 거냐?"

개가 짧게 한 번 짖더니, 여우와 함께 왔던 방향 쪽으로 총총히 되돌아가기 시작했다. 여우는 남자를 향해 고개를 들었다. 그는 여우 머리 위에 손을 잠시 얹었다가 보내 주었다. 여우는 개를 따라 언덕을 내려갔다. 개울에 도착했을 때, 개는 몸을 돌려 여우를 보았다. 여우는 개가 뭔가 말을 하기를 기다렸다. 말하면 여우는 알아들을 수 있을까? 둘이 통하는 언어가 있을까?

하지만 개는 아무 말도 하지 않았다. 그저 고개로 개울을 가리켰고, 여우는 다시 개울을 건널 때라는 것을, 자신의 들판으로 돌아갈 때라는 것을 알았다. 개울 반대편에 도착한 여우는 털에 묻은 물기를 털다 멈추었다. 뒤를 돌아보았다. 개는 여전히 거기에 있었다.

개는 고개를 한 번 끄덕했다. *그 아이 곁을 잘 지켜.*

그러고는 다시 총총히 언덕을 올라갔다.

24

"제일 먼저 왔네!"

금요일 밤, 크리스틴은 문을 열고 애비를 맞이했다.

"내 방에다가 네 짐 두고 나올래? 다른 애들도 금방 올 거야."

가방을 메고 침낭까지 들고 온 애비는 고개를 끄덕인 뒤 계단을 터덜터덜 올라갔다. 방법은 정면 돌파밖에 없어. 애비는 생각했다. 이 밤을 버텨 낸 다음, 다시는 이런 짓을 하지 않을 방법을 찾아내리라.

크리스틴의 방은 2층 복도 끝에 있었다. 학기가 시작되기 직전 크리스틴 엄마는 창문이 있는 벽 두 면에 페인트로 커다란 분홍색과 갈색 동그라미 무늬를 칠했다. 이불과 커튼도 같은 디자인이었다. 벽장 앞에 자리한 작은 갈색 면벨벳 소파 앞에 짐을 내려놓은 애비는 그 소파에 앉아 동그라미 무늬로 통일감 있게 꾸며진 방안을 감상했다. 예쁘네, 하고 생각했다. 명랑한 느낌이었다.

그때 소파 오른쪽과 벽 사이에 있는 동그랗고 흰 플라스틱 탁자가 눈에 들어왔다. 그 작은 탁자 위에 있는 접시에는 초코 비스킷, 초코바, 땅콩버터 초콜릿이(모두 애비가 무척 좋아하는 과자였다.) 가득 담겨 있었다. 애비는 하나 먹어도 될지 어떨지 고민스러웠다. 요즘 방에 숨겨 둔 과자가 거의 다 떨어졌지만, 여우에게 물린 이후로는 과자를 먹고 싶은 마음이 그리 크지 않았다. 물론 가끔씩 먹고 싶긴 했지만 매일 그렇진 않았다. 여태 깨닫지 못했는데, 그러고 보니 좀 이상한 일이다. 전과는 달라졌다.

애비는 반짝이는 과자 포장지를 바라보았다. 이런 꿈을 꾼 적이 있었다. 과자가 잔뜩 있고 먹지 말라고 말리는 사람은 아무도 없는 꿈. 아주 푸짐한 양이 담겨 있어 하나쯤 먹어도 티가 나지 않을 것 같다. 게다가 애비는 뱃속을 좀 든든히 해 둘 필요가 있다. 오늘밤은 아주 길고 끔찍한 밤이 될 테니까. 애비는 접시에서 초코바 하나를 집어 봉지를 뜯었다. 먹는 걸 들키고 싶진 않았다. 애비는 크게 베어 물고 얼른 씹어서 삼킨 다음, 빈 포장지는 주머니에 넣었다.

갑자기 며칠 동안 밥 한 끼 먹지 않은 것처럼 심한 허기가 몰려왔다. 땅콩버터 초콜릿을 뜯어 네 번 만에 다 베어 먹어 버린 다음, 초코 비스킷도 집어 입에 물고 껍질을 뜯었다.

비스킷을 두 조각으로 나누었을 때, 누군가 키득거리는 웃음소리가 들렸다. 벽장 속에서 바스락거리는 소리가 났고, 또 다른 누군가 "쉿!" 하는 목소리가 들렸다.

애비는 온몸이 싸늘해졌다. 아니, 뜨거워졌다. 몸이 얼어 버리며 동시에 불타오르는 이상한 느낌이었다. 초코 비스킷은 바닥으로 떨어졌고 애비는 그걸 바라보았다. 그렇게 계속 보고 있으면 어쩌면 지금 이 순간이 그대로 끝없이 이어져, 갈색 깔개 위의 갈색 초콜릿을 바라보는 지금 이 순간이 애비의 인생 전체가 될 것도 같았다.

벽장 속에서 또 한 번 웃음소리가 들렸다.

"그 안에 있는 거 알아."

애비는 이렇게 말하고 바닥에서 초코 비스킷을 주웠다. 그걸 어떻게 해야 할까? 먹을까? 먹고도 싶었지만 그러지 않는 편이 낫다는 걸 알았다. 여기서는. 이 아이들 앞에서는. 쓰레기통을 찾으려고 둘러보았지만 보이지 않아서, 애비는 다시 그 접시에 놓았다. 그리고 말했다.

"그냥 나와."

벽장 속에 있던 조지아와 레이첼이 서로를 밀어내듯 튀어나왔다.

"조심해! 전화기 망가지겠어!"

레이첼이 신경질적으로 말했다.

"성공했어! 동영상으로 찍었어!"

조지아는 이렇게 외치더니, 조그만 휴대폰을 들어 보이며 애비에게 으스대듯 말했다.

"너 게걸스럽게 먹는 모습, 유튜브에 올릴 거야!"

드디어 날 제대로 괴롭힐 방법을 찾았군. 참 오래도 걸렸네. 애비는 이상하리만치 차분한 기분이었다. 마치 자신의 영혼이 더는 몸속에 있지 않고 밖으로 흘러 나와 버린 것처럼. 애비는 밀라와 베스, 케이시가 여기에 없다는 사실을 알아차렸다. 그 아이들도 넌더리가 난 것인지도 모른다고, 결국 좋은 아이들인지도 모른다고 애비는 생각했다.

방으로 뛰어 들어온 크리스틴이 "찍었어?" 하고 외치자, 조지아는 의기양양하게 전화기를 들어 보였다.

"어머, 정말 찍은 거야? 세상에, 대박이다!"

애비는 일어섰다.

"나 갈게."

크리스틴이 걸어오더니 애비를 다시 소파에 앉혔다.

"아니, 못 가. 너희 엄마한테는 뭐라고 변명할 건데? 네가 돼지라고? 그러면 그 즉시 너 다이어트 시키실 걸. 너희 아빠는 뭐라고 하실까? 이 동영상 이메일에 첨부해서 너희 아빠한테 보낼 수도 있어. 엄청 좋아하시겠다."

애비는 굳은 듯 가만히 앉아 있었다. 함정에 빠진 기분이었다. 아니, 함정에 빠진 것이다.

크리스틴은 말했다.

"우린 내려가서 피자 먹을 거야. 네 저녁밥은 이 과자들이고. 언제 나와도 되는지 이따가 알려 줄게."

아이들은 깔깔대고 서로를 밀치며 방에서 나갔다. 애비는 똑바로 앞만 바라보았다. 코로 심호흡을 했다. 자신이 수집한 예쁜 불가사리들을 생각했다.

그래도 울음이 터져 나왔다.

울지 마, 울지 말라고. 애비는 스스로에게 말했지만 울음을 멈출 수가 없었다. 모든 게 바뀌었다고 생각했지만 결국 아무것도 바뀌지 않은 모양이었다. 애비는 전혀 달라지지 않았다. 여전히 과자를 배 터지게 먹는, 모두의 비웃음거리가 되는 아이다. 전에도 그랬듯이. 멍청한 아이. 먹을 것을 꾸역꾸역 입에 집어넣는 뚱뚱한 아이. 사람들이 싫어하는 것도 당연하지. 싫어할 만한 아이니까.

그만해.

애비는 돌아섰다. 누가 말한 거지? 애비는 벽장으로 다가가 안을 들여다보았다. 크리스틴의 옷, 신발, 두 개의 테니스 라켓 말고는 아무것도 없었다. 애비는 창가로 가 밖을 내다보았다. 그곳에, 달빛이 은빛으로 내려앉아 반짝이는 곳에 여우가 서 있었다.

여우는 애비가 만들어 낸 상상이 아니었던 것이다. 애비는 창문을 열었다.

"나 어떻게 해야 돼?"

애비는 이렇게 외쳤고, 여우는 연민을 담은 눈빛으로 쳐다보았다.

갑자기 바람이 바스락거리는 나뭇잎 소리로 대답했다. 어느 까마귀가 낮은 소리로 까악 까악 대답했다. 그리고 여우는, 마치 애비가 스스로 답을 내기를 기다리는 것처럼 오랫동안 애비를 바라보고 있었다.

애비는 고개를 끄덕였다.

"알았어."

여우는 어둠 속으로 사라졌다. 애비는 창문을 닫았.

애비는 소파 앞에 놓인 침낭과 가방을 집어 들었다. 접시에 남은 과자들을 모두 집어 갈까도 생각했지만, 이제는 그 과자들이 그다지 절실하지 않았다. 애비는 계단을 내려 가 현관문을 열고, 인사도 하지 않은 채 밖으로 나갔다.

"너 어디 가?"

마당을 터덜터덜 걸어 나가는 애비를 향해 크리스틴이 현관문을 열고 외쳤다. 모든 보통 여자애들이 집밖으로 쏟아져 보도까지 나왔다.

"너 집에 못 가! 우리가 그 동영상 너희 아빠한테 보낼 거라고 했잖아!"

애비는 멈춰 섰다. 마당에 짐을 내려놓고 돌아섰다.

"그러면 넌 그 동영상에 대해서 너희 어머니께 설명해야 할 걸. 그리고 우리 엄마한테도. 안 그래? 네가 왜 그런 식으로 내 동영상을 찍었는지에 대해서 설명해야 할 거라고. 나야 고맙지. 우리 엄마는 너희가 내 친구라고만 믿고 있으니까."

"너희 아빠는 널 돼지라고 생각할걸!"

크리스틴의 외침에 애비는 응수했다.

"그건 감수하지, 뭐."

그리고 짐들을 다시 집어 들고 거리로 향했다.

할로윈까지 2주가 남아 있었다. 그 후로 몇 주가 더 지나면 겨울이 오고 새들은 남쪽으로 날아갈 것이다. 그 여우도 남쪽으로 떠날까? 새 이외에 다른 동물들도 계절에 따라 이동한다고 생각하지는 않지만, 그 여우는 무척이나 연약해서 겨울을 견디기 어려울 것만 같았다. 식량은 어디서 구한단 말인가?

애비는 멈추어 섰다. 자신의 집 건너편에 서서 공터를 바라보았다. 안내판이 하나 꽂혀 있었다. 어떻게 지금까지도 발견하지 못했을까? 아마도 크리스틴네 집에서 하룻밤을 보내야 한다는 사실에 너무 화가 나 있었나 보다. 그게 아니라면 한때 우편함이 서 있던 자리에 꽂혀 있는 '매매' 안내판을 여태 못 보았을 리가 없다.

이 집이 팔린다니. 돈만 있었다면 애비가 이 공터를 사서 이곳에 살았을 것이다. 애비는 그 떡갈나무 옆 의자에서 살면 어떨까 상상해 보았다. 옆에는 포도를 가득 채운 아이스박스를 두고. 비가 오는 날이면 나뭇가지 위에 방수포를 펼치고, 너무 더운 날이면 그늘이 더 필요할 테니 창고에서 바닷가용 파라솔을 끌고 오면 된다. 하지만 화장실은 어떻게 하지? 애비는 푸훗 웃었다. 참 멋진 인생이겠구나. 애비는 길을 건너 집으로 향했다. 집에 들어가면 말리스에게 전화를 걸어 무슨 일이 있었는지 이야기해줄까 생각했다. 애비가 마치 굶주린 사람처럼 과자를 먹었다고 이야기하면 말리스는 비웃을까?

아니, 말리스는 그러지 않을 것이다. 말리스는 심술궂은 아이가 아니다. 특히 애비에게는.

애비는 집에 도착해 현관 계단을 올라갔다. 그 헬륨 가스를 품은 것 같은 기분이, 원을 그리며 춤을 추고 싶은 기분이 또 느껴졌다. 세상은 새롭고 아직 발견되지 않은 곳, 말과 여우와 가지뿔영양이 있는 곳이다. 그리고 친구들, 탐험을 함께할 친구들이 있는 곳이다.

25

11월이 왔다. 애비는 떡갈나무 뒤 자신의 의자에 앉아 있다. 풀들이 없는 지금은 자신의 몸이 제대로 숨겨지지 않는다는 것을 알고 있다. 주변을 둘러보았다. 수풀이 다 사라져 버렸다는 사실을 애비는 믿기 어려웠다. 꽃들 역시. 울새들도 모두 날아가 버리고 없다. 내년 봄에 새들이 돌아오면, 이 자리에는 새 집이 서 있을까?

애비는 옷을 좀 더 단단히 여몄다. 점점 더 추워지고 있었다.

5미터쯤 떨어진 곳에서 차 문이 닫히는 소리와 아눕의 목소리가 들렸다.

"애비, 너 거기 있어?"

돌아보니 아눕이 공터 가장자리에 서서 이리저리 살피고 있었다. 애비를 발견하고 아놉의 얼굴이 밝아졌다.

"거기 있었네! 나무 뒤에 숨어서는!"

"딱히 못 찾을 정도로 숨은 것도 아닌데 뭐."

애비는 이렇게 말하며 의자에서 일어섰다. 그리고 물었다.

"내 말대로 운동화 신고 왔어?"

아놉이 가까이 왔다. 청바지에 두꺼운 스웨터를 입고 귀 덮개가 달린 모자를 쓰고 있었다.

"내 운동화는 체육 시간에만 신는 거야. 이건 지난여름에 캠프 갈 때 신으려고 샀던 등산화야. 봐."

아놉은 발을 내밀어 신발을 보여 주었다.

"너희 할머니가 널 여름 캠프에 가게 허락해 주셨다고?"

"컴퓨터 캠프라고 거짓말했지, 뭐. 산에 오른다는 얘기는 빼고."

아놉은 어깨를 으쓱했다. 애비는 의자를 접어 나무에 기대어 세워 두었다.

"시는 가지고 왔어?"

아놉은 노란 마닐라 봉투를 한 통 꺼냈다.

"응, 타이핑했어. 대신 2주 동안 우리 누나 몫 설거지 내가 해 줘야 돼."

"2주라고? 너무한데! 주말이라도 내가 가서 도와줄까?"

애비는 시 스무 장을 타이핑해 주는 것에 대한 대가치고는 너무 크지 않나 생각해 보았다. 스무 장은 많지만 시는 한 장당 글자 수가 적다. 아눕이 고개를 저었다.

"우리 집 식기세척기는 사용법이 간단해서 그릇을 헹굴 필요도 없어. 쉬운 일이야."

둘은 공터 뒤편의 울타리까지 걸어갔다. 아눕은 울타리를 넘으며 물었다.

"오늘 말들이 마구간 밖으로 나오는 거 맞지? 새로 데려왔다는 말 정말 보고 싶어. 우리 증조할아버지가 마르와르8 출신이신데, 마르와르 종마를 타셨대. 할머니가 얘기해 주셨어. 내가 잊지 않도록 우리 집안 이야기라면 뭐든 해 주시거든."

"오늘 말 구경하러 간다고 할머니한테 말씀 드렸어?"

"말씀 드렸겠냐? 당연히 안 드렸지."

월러스가 보도에 앉아 둘을 기다리고 있었다.

"저 개, 꼭 우릴 기다리고 있는 것처럼 보이는데."

이렇게 말하는 아눕에게 애비는 말했다.

"기다리는 거 맞아."

셋은 느긋하게 걸어 개울에 도착했다. 개울가에서는 앤더스가 셋을 기다리고 있었다. 개울 건너편이 아닌 이쪽 편에서 말이다. 지난 주 애비가 그 개울에 왔을 때도 앤더스가 개울 이쪽 어느 바위 위에 앉아 있었다. 마치 혼자 물을 건너는 것 따위는 아무 일도 아니라는 듯이.

"안전 구역의 범위를 넓힐 때가 됐다고 결정났어. 아빠가 건너고 싶으면 건너도 좋대."

맷이 재향군인병원에 입원한 날이었다. 앤더스네 집에 가자 할머니가 이야기해 주었다.

"드디어 자리가 하나 났거든."

눈가가 붉었지만, 할머니에게선 어딘지 부드러워진 느낌이 들었다. 어쩌면 이제는 항상 강한 모습만 보이지 않아도 괜찮아서 그런지도 모르겠다고 애비는 생각했다.

"병원에 얼마나 계시는 거예요?"

애비는 물었다. 맷이 입원하게 되어 기뻤지만, 한편으로는 맷이 그 집에 계속 살면서 러커스를 타는 자신을 봐 주었으면 하는 마음도 있었다. 승마도 가르쳐 주고.

"주치의가 적어도 두 달은 걸린다고 했어. 좋은 병원이야. 같은 일을 견뎌 낸 다른 군인들과 함께 지내는 것도 맷에게 도움이 될 거고."

그리고 앤더스는 말했다.

"아빠 매일 우리한테 전화할 거야. 말들이 어떻게 지내는지 알려 달래. 우리가 어떻게 지내는지 아빠도 다 알고 싶다고."

지금, 애비는 앤더스를 보고 말했다.

"너 발이 젖었어."

"건너려고 뛰었어. 그런데 점프가 좀 짧았나 봐."

셋이 월러스의 뒤를 따라 농장을 향해 달리기 시작했을 때, 아눕이 앤더스에게 물었다.

"그러면 그 말은 네 말이 되는 거야? 새로 온 말 말이야."

"아니, 러커스가 내 말이 돼. 새로 오는 말은 아빠 말이야. 아빠가 돌아오면 탈 말. 할머니가 새 말을 사려고 항상 사람을 물던 버지니아 하이랜더라는 말을 팔았어."

언덕 중반쯤에서 애비는 속도를 늦추며 옆구리를 잡았다. 앤더스는 계속 달렸지만 아눕은 애비와 함께 속도를 늦추어 빠른 걸음으로 걸었다.

"언덕이 장난 아니네."

아눕은 조금 가빠진 숨을 몰아쉬며 말했다.

"그렇게 가파르진 않아. 점점 익숙해져. 좀 지나면 별로 힘들다고 느끼지 않게 돼."

애비도 숨을 몰아쉬며 대답했다. 그러고는 갑자기 전속력으로 달리기 시작했고, 아눕은 따라잡으려 애쓰며 웃었다.

언덕 위에 올랐을 때, 들판의 방목장에서 앤더스 할머니가 손을 흔들었다.

"왔구나! 이리 와서 봐라!"

회색과 흰색 털이 얼룩덜룩 어우러져 있고, 러커스보다 10센티미터쯤은 더 커 보이는 말이었다. 할머니는 소개해 주었다.

"섀넌이야. 참 예쁜 말이지? 애팔루사 종이다."

천천히 그 말에게 다가간 애비는 손을 뻗어 손등으로 털을 가만히 쓸었다.

"안녕, 섀넌."

그렇게 커다란 동물 옆에 서 있으려니 애비는 조금 떨렸다.

"좋은 말이네요."

섀넌이 애비 손에 코를 가져다댔다. 벨벳처럼 부드러웠다. 섀넌이 코를 킁킁거렸고 애비는 웃음을 터뜨렸다.

"맷이 자기가 돌아올 때까지 네가 섀넌을 좀 타 줬으면 좋겠다고 하더라. 할 수 있으면 네가 매일 오후에 섀넌을 운동시켜 줘라."

할머니의 말에 애비는 두근거리는 가슴을 느끼며 대답했다.

"제가요? 전 아직 연습도 많이 안 해 봤는데요."

"맷이 네가 말을 탈 줄 안다고 하던데. 내가 연습을 더 시켜 주마. 안장 놓는 법도 알려 주고."

할머니는 미소를 지었다.

"수업료로는 앤더스의 마구간 청소를 도와주면 된다."

애비는 안심했다. 적어도 그건 자신 있었다.

"그거라면 도와줄 수 있어요. 저는 마구간 냄새도 좋아해요."

"향수 같지."

앤더스가 끼어들었다.

"응, 향수 만들어야 된다니까."

애비가 맞장구쳤다.

아놉은 타이핑한 시가 든 봉투를 아직 들고 있었다.

"이거 할머니께 드리고 갈까요? 아니면 앤더스 아버지가 계신 병원으로 부칠까요? 아저씨가 본인이 쓰신 시 출력한 걸 보면 좋아하실 거예요. 저희 누나가 특별한 글씨체를 썼어요. 꽤 근사해 보여요."

"내일 앤더스하고 같이 맷 만나러 병원에 가니까, 그때 전해 주마. 주치의가 그걸 읽어 보고 싶어 한다더라."

할머니는 아놉에게서 봉투를 받았다. 그리고 앤더스가 덧붙였다.

"특히 여우가 나오는 부분을 읽어 보고 싶어 한대. 선생님이 여우 부분에 관심이 굉장히 많대."

애비는 아놉에게 물었다.

"마굿간 청소하는 법 배우고 싶어? 꽤 재미있는데."

아놉은 확신 없는 표정이었다.

"그렇긴 하겠지. 하지만 말똥 거름 냄새 풍기면서 집에 가면 우리 할머니가 의심하실 텐데."

셋은 몇 시간 동안이나 마구간에 있으면서 구석구석을 청소했고, 어떤 종의 말이 가장 빠른지, 어떤 말이 시골에서 타고 다니기에 가장 좋은지 등에 대해서도 이야기했다. 앤더스는 언젠가 단거리 경주마나 황금색 팔로미노를 갖는 꿈을 갖고 있었고, 애비는 말 중에서도 가장 큰 말, 벨기에짐수레말을 타 보고 싶다고 말했다.

"내가 그만큼 용감해지면 말이야."

그렇게 덧붙이며, 애비는 언젠가 그런 용기가 생기라는 바람으로 두 손가락을 걸었다.

"승마할 때 입는 바지를 저드퍼라고 부르는 거 알아?"

아눕이 쓰고 있던 삽에 기대며 이렇게 물었고, 애비와 앤더스가 고개를 끄덕이자 말을 이었다.

"마르와리 종마가 인도의 조드푸르라는 지역에서 난 말이야. 세상에서 가장 기백 넘치는 말이지. 우리 할머니 결혼식 때 마르와리 종마가 식에 참여한 거 알아? 할머니 말로는 다이아몬드로 된 굴레를 썼었대."

"화려했겠다. 그 장면 보고 싶어."

앤더스는 감탄했다.

"진짜 멋져. 사진으로 본 적 있거든."

아늅은 오히려 자신이 푹 빠진 목소리로 말했다.

아늅과 애비는 아늅 어머니가 차를 몰고 애비네 집으로 오기로 한 5시보다 20분 일찍 농장에서 출발했다.

"말들이랑 같이 시간을 보내니까 참 좋다."

개울을 뛰어 넘은 후, 아늅이 말했다.

"언제 한번 우리 할머니도 모시고 와야 할 것 같아. 말들을 보면 할머니도 젊은 시절 기억을 떠올리실지 몰라. 세상이 그렇게 무섭게 느껴지지 않던 시절 말이야."

애비는 아늅이 어머니 차를 타고 돌아간 후, 그 공터에 남았다. 집으로 가야 한단 걸 알고 있지만, 의자를 펼치고 앉았다. 애비가 늦으면 엄마는 늘 언짢아한다. 애비는 여전히 엄마를 불행하게 만드는 것이 싫었지만, 가끔은 그럴 수밖에 없다는 것을 이제는 알았다.

그날 밤. 침낭과 배낭을 들고 집으로 돌아온 애비. 과자와 휴대전화, 그리고 여자아이들이 무슨 계획을 꾸몄는지에 대해 애비에게서 들은 엄마는 얼굴이 창백해졌다. 엄마는 많은 말을 하지 않았고, 그저 미안하다고 했다. 아침에 아빠와 함께 다시 이야기해 보자고 했다.

그러지 않으리라는 걸 애비는 알았다.

다음 월요일 점심시간에 애비는 아눕, 자파르와 늘 앉는 자리에 앉았다. 보통 여자애들의 식탁에는 단 세 명, 크리스틴, 조지아, 레이첼뿐이었다. 애비는 식당을 훑어보며 다른 아이들을 찾아보았다. 베스와 밀라는 식당 뒤쪽 창문 옆 식탁에서 애비가 잘 모르는 두 여자아이와 앉아 있었고, 케이시는 책을 읽으며 혼자 밥을 먹고 있었다. 크리스틴와 조지아, 레이첼은 도시락 위로 몸을 숙이고는 식당 이곳저곳을 보며 속삭이고 있었다. 이제는 무슨 일을 꾸미고 있을지 애비는 궁금했다. 레이첼마저 다른 친구에게로 떠날 때까지, 오직 크리스틴과 조지아 둘만 남아서 또 다른 희생자를 찾아 두리번거리기까지는 얼마나 남았을까?

정말 불쌍한 건 자신들이라는 사실을 깨닫는 날은 언제일까?

몇 개의 별들이 어두워져 가는 하늘에서 반짝였다. 애비는 섀넌을 타는 것에 대해 생각해 보았다. 그렇게 높은 곳에 앉아 있는 건 좀 무서웠다. 적응이 필요할 것이다. 어쩌면 애비는 떨어질지도 모른다. 쇄골에 금이 갈지도 모른다. 목이 부러질지도 모른다.

애비는 웃음을 터뜨렸다. 그렇게 따지면 저녁을 먹으러 집으로 가면서 길을 건너다 차에 치일지도 모른다. 일어날 수 있는 일들을 생각하자면 끝도 없다. 애비는 일어나서 아이스박스를 집어 들었다. 의자는 그대로 두었다. 언젠가는 누군가 이 야생의 공터를 사서 새 집을 짓고, 다른 모든 곳과 똑같은 장소로 만들어 버릴 것이다. 들풀들은 날아가 다른 곳에 뿌리내릴 것이다. 여우도 새로운 곳을 찾아 떠날 것이다.

하지만 그날이 올 때까지, 이곳은 애비의 장소다.

26

여우가 까마귀 녀석에게 그 이야기를 들려주었지만, 까마귀는 믿지 않았다.

네가 날았다고? 공중으로 붕 떠서, 사막을 날아서, 여기에 떨어졌다고? 까마귀는 의심스러운 목소리로 물었다.

여우는 주변을 둘러보았다. 전과는 꽤나 달라져 있었다. 겨울이 막 시작된 지금, 이곳은 아주 다른 장소가 되었다. 들풀들은 대부분 죽었다. 군데군데 남아 있는 거라곤 차가운 바람 속에 흔들리는 갈색 풀들뿐이다. 꽃들도, 새들도 없다. 나무들은 있지만 나뭇잎이 모두 떨어져 벌거벗은 모습이다.

흐음, 이젠 별로 볼 것도 없네. 그만 떠나자. 까마귀가 말했다.

여우는 고개를 끄덕였다. 새 이야기를 찾을 시간이다.

여우는 개울 쪽으로 총총히 나아가기 시작했고 까마귀는 그 위를 날았다. 여우는 까마귀에게 으스댔다. 내 원래 서식지는 대초원이야. 넓은 들판, 끝없는 하늘이 있는 곳.

까마귀는 맞받아쳤다. 내 원래 서식지는 꿈이거든. 모든 이의 마음, 모든 이의 눈 속에 까마귀는 날아다니니까.

여우는 코웃음을 쳤다. 말도 안되는 소리 자꾸 내뱉어 대는 게, 너 꼭 너구리 같다.

까마귀는 하늘 높이 솟아올랐다. 어이, 여우! 넌 이렇게 날 수 있냐? 할 수 있으면 날개 한번 뻗어 보시지.

날개가 왜 필요하담? 여우는 생각했다. 단단한 점토의 땅으로 발을 쿵 내딛으며 그녀가 달리기 시작하자, 털이 바람결을 따라 뒤로 누웠다. 여우는 눈을 감았다. 여우는 보이지 않는 허공 속으로 뛰어들었다.

옮긴이 주

1 각 행의 첫 글자나 끝 글자끼리 서로 이으면 말이 되도록 쓴 시.

2 엄지손가락이 나머지 네 손가락과 서로 마주 보는 방향으로 움직이는 덕분에 물건을 쥐거나 연장을 사용할 수 있는 특징을 말한다. 동물 중 인간이 지니는 특별한 점으로 자주 언급되고, 인간 외에도 영장류가 이런 특징을 지니고 있다.

3 미국 영토를 크게 넓히는 계기가 된 1803년 루이지애나 지역 매입 이후, 제퍼슨 대통령의 명령으로 메리워더 루이스와 윌리엄 클라크는 1804년에서 1806년에 걸쳐서 로키 산맥을 넘어 태평양에 이르는 이 미지의 지역을 탐험했다. 탐험한 지역에 관해 가능한 한 모든 것을 기록하라는 명령에 따라, 이들은 탐험지의 원주민, 지리, 야생 생물 등에 대한 많은 정보를 가져왔다.

4 미국의 일부 학교에서 역사 교육을 목적으로 지정하는 날이다. 이날 학생들은 미국이 영국의 식민지 지배를 받던 17·18세기의 옷차림을 하거나 당시의 음식을 만들어 보는 등 간접 체험을 하며 역사를 배운다.

5 '주니 비 존스'라는 여자아이의 시점으로 전개되는 어린이 그림책 시리즈.

6 루이스 클라크 탐험에서 미국인들과 동행하며 원주민들과의 대화를 통역하고, 탐험대를 안내한 쇼쇼니 족 원주민 여성.

7 말의 키를 재는 단위로, 1핸드는 10.16센티미터에 해당된다.

8 인도 서부의 한 지역. 산스크리트어로 '사막 지역'이라는 뜻이며 실제로 일부가 타르 사막에 위치하고 있다.

감사의 말

마법의 손으로 모든 것이 훨씬 나아지게 만드는 케이틀린 엠 들라우이, 작품이 큰 성공을 거둘 거라고 장담한 아리엘 콜레티, 고맙습니다. 굳은 지지를 보내 주는 저스틴 찬다와 예리한 눈으로 교열을 해 준 케이틀린 세버리니에게도 감사합니다. '프리티페브 PR'의 제니퍼 가드너에게도 깊은 감사의 마음을 표하며, 변함없는 성원을 보내 주는 고향 친구들, 에이미 그래햄, 대니얼 폴, 사라 슐츠에게 고마움의 포옹을 보내고 싶습니다. 또 지은이의 온 가족이 루이스 클라크 탐험에 사로잡히는 계기를 마련해 주신 특출한 5학년 역사 담당, 버지니아 홀 선생님께 감사드립니다. 시인 캠벨 맥그라스에게도 그의 책《샤넌》뿐 아니라《자본주의》이후의 모든 책들에 대해 감사의 인사를 드립니다. 그의 책들은 지은이의 세상을 좀 더 살기 좋은 곳으로 만들어 주었습니다. 마지막으로, 지은이는 함께 살고 있는 이 남자들을 생각할 때면 사랑과 경이로움에 가득 찹니다. 클리프튼, 잭, 윌, 그리고 개 트래비스, 도웰 가족에게 깊은 감사의 마음을 전합니다.

옮긴이의 말

애비는 어느 날 자신도 모르게 아이들이 듣고 싶어 하는 말 대신 자신의 생각을 불쑥 말해 버렸다. 자신을 함부로 대하는 그 아이들 사이에 어떻게든 속하고 싶던 마음을, 어떤 다른 마음이 넘어서 버린 것 같다. 그러고는 해방감을 느끼며 기뻐하다가도 한편으로는 혼자가 된 것 같아 끔찍이 두렵다. 전과는 다른 사람이 된 것 같아 설레다가도 여전히 못났다며 자책한다.

이렇게 애비에게 찾아온 변화의 계기와 두 갈래의 마음에서 출발하는 이 이야기는, 점점 자신이 원하던 것들을 찾아가며 두 번째 인생을 맞이하는 소녀의 이야기이다.

훌쩍 다른 환경 속에 떨어지거나 눈에 뜨일 만큼 변신을 하며 찾아오는 변화는 아니다. 같은 환경 속에서 같은 모습으로 이어지는 날들이지만, 마치 전에는 보이지 않던 어떤 차원을 발견하는 것처럼 조금씩 새로워진 시야와 좀 더 행복한 관계들을 만나는 이야기이다.

어느 신비로운 여우와 만나고, 그곳에 있는 줄도 몰랐던 인연들을 만난다. 과거의 악몽으로 힘들어하며 새로운 날들을 맞이하고 싶어 하는 친구들과 도움도 주고받는다. 그 사이에 무엇보다 더 가까워지는 관계는 제 자신과의 관계다. 자신을 아프게 하는 머릿속 목소리나 타인의 목소리 대신, 언제나 힘이 될 진짜 자신의 목소리를 다시 만난다.

애비는 권장 도서의 내용이나 세상 어른들의 의견으로 대신할 수 없는, 사실 누구의 것으로도 대체할 수 없는 자신만의 마음속 이야기와 길잡이를 품은 아이다. 이렇게 우리들 모두를 닮은 애비를, 독자들은 아마도 응원하고 싶어질 것이다. 움츠러들기도 하지만, 실은 언제나 성장 중인 모습을 말이다.

애비의 두 번째 인생

초판 1쇄_ 2013년 8월 27일
지은이_프랜시스 오록 도웰
옮긴이_강나은
펴낸이_유승희
펴낸곳_도서출판 또하나의문화
주소_서울 마포구 와우산로 174-5 대재빌라302호
전화_02-324-7486 팩스_02-323-2934
전자우편_tomoon@tomoon.com
누리집_www.tomoon.com
등록번호_제9-129호(1987.12.29)
ISBN 978-89-85635-95-0 43840

* 이 도서의 국립중앙도서관 출판시도서목록(CIP)는 e-CIP 홈페이지(http://www.nl.go.kr/ecip)와 국가자료공동목록시스템(http://www.nl.go.kr/kolisnet)에서 이용하실 수 있습니다.(CIP 제어번호: CIP2013015283)